DANIEL JARACH

La ragazza di Place Vendôme

Thriller

La ragazza di
Place Vendôme

Copyright © 2023 by Daniel Jarach All rights reserved.
Proprietà riservata

Editore: © 2023 Daniel C. Jarach Editore, Milan, Italy

ISBN 9788894638349

Edizione cover flessibile
18 gennaio 2023

Quest'opera è protetta dalla Legge sul diritto d'autore. E' vietata la riproduzione anche parziale, non autorizzata.

Questo libro è il prodotto dell'immaginazione dell'Autore. I personaggi e i nomi citati sono fittizi e hanno lo scopo di conferire credibilità alla narrazione. Qualsiasi riferimento a fatti o a persone vive o defunte, è puramente casuale.

PREMESSA

Ai piedi della storica colonna di Place Vendôme viene trovato il corpo completamente nudo di una bellissima ragazza. L'ispettore capo Jacques Raynaud in servizio al Commissariato del Primo Arrondissement di Parigi è incaricato di condurre le indagini volte a scoprire chi è il killer della giovane donna. Per l'ispettore le investigazioni sulla ragazza di Place Vendôme diventano presto un'ossessione che si manifesta con continue allucinazioni che lo sconvolgono. Immagina di vedere la ragazza, i suoi aguzzini, il killer. Combattendo contro queste ricorrenti e angoscianti visioni, Raynaud riesce finalmente a scoprire chi è la giovane donna e a dare un nome al corpo che il Soggetto Ignoto ha torturato senza pietà: è Claudia Alfieri, una modella italiana che si era trasferita a Parigi per sfilare per le più grandi Maison della Moda. Quando le indagini dell'ispettore sono a un punto morto, una rivelazione lo indurrà a cambiare rotta e ad investigare nel mondo della droga. Dopo false testimonianze, depistaggi e menzogne, un nuovo efferato omicidio lo metterà sulla strada giusta e, superati tutti gli ostacoli, riuscirà a ricomporre il puzzle e ad incastrare il colpevole più insospettabile.

* * * * *

DANIEL JARACH è nato a Venezia ma vive e lavora a Milano. Giornalista (è stato inviato, caposervizio, caporedattore centrale e direttore responsabile di due settimanali) ha esordito come scrittore nel 1978 con una biografia di Carla Fracci. Altri titoli: *Claretta Petacci (1980)*, il saggio *Donna oggetto?* vincitore del Premio Letterario Donna 1984, l'enciclopedia *La conquista dello spazio* che ha realizzato interamente alla NASA a Washington D.C. Ha scritto 5 romanzi thriller, *Kidnapping* (2015), *Il Sarto* (2016), *L'altro volto del killer* (2018) *Assalto al potere* (2020), *La ragazza di Place Vendôme* (2022). Altre pubblicazioni: *Sergio Leone backstage di un genio* (2018), *Carla Fracci, una vita sulle punte* e *Carla Fracci, i grandi balletti (2022).*

A mia moglie Anna, l'amore della mia vita

1

JACQUES RAYNAUD INDOSSÒ LA SUA GIACCA di morbida lana e uscì dal Primo, così veniva chiamato il Commissariato di Polizia del Primo Arrondissement di Place Saint Honoré. Attraversò la piazza respirando a pieni polmoni. Dopo nove estenuanti ore, l'interrogatorio si era concluso con il risultato che voleva, la confessione dello stupratore. Un altro maledetto essere ignobile era stato assicurato alla Giustizia.

Era una sera di primavera ma, come spesso accade a Parigi, spirava un'insidiosa brezza che rendeva l'aria pungente, quasi non si fosse alla fine d'aprile ma in gennaio. Raynaud tirò su il bavero della giacca per ripararsi dal vento mentre camminava lungo la strada che correva di fronte alla Piramide del Louvre. Com'era solito fare, si fermò per qualche minuto ad ammirarne le geometrie: al contrario di quei parigini che ritenevano che quella costruzione troppo moderna fosse in contrasto con gli storici palazzi del Louvre, che fosse come un pugno nello stomaco del pubblico, Raynaud la riteneva un'opera di eccezionale architettura e la considerava un capolavoro che arricchiva con uno stile inconfondibile la piazza del più grande museo del mondo.

Dopo aver terminato di ammirarla, si diresse verso il giardino delle Tuileries. Si sedette su una panchina e mentre fumava la prima sigaretta di quella giornata così faticosa, fece una riflessione sulla sua carriera. Da quando sei anni prima era entrato nel Primo ne aveva fatta di strada. Da agente, da sergente a ispettore, da sei mesi era stato promosso ispettore capo, soprattutto grazie ai casi criminali che aveva risolto. Una ventina, più o meno. E li ricordava tutti.

Gli tornò in mente il primo caso che aveva risolto. Il cadavere era stato trovato in pieno centro, in un vicolo che dava su Rue Royale, una breve strada che corre tra Place de la Concorde e Place de la Madeleine. La vittima era stata decapitata, la testa era stata riposta con estrema cura accanto al corpo, quasi che il killer cercasse la redenzione compiendo quel gesto. Ma gli abiti erano lacerati, segno evidente che la donna aveva subito violenza sessuale prima d'incontrare quella morte atroce.

La scena del crimine purtroppo era stata compromessa da un passante che aveva toccato il cadavere prima di chiamare la Polizia. All'inizio delle indagini aveva temuto che il colpevole l'avrebbe fatta franca, non c'erano tracce dell'aggressore né sul corpo della vittima né sulla pavimentazione attorno ad esso. Invece dovette ricredersi. Due giorni dopo, a breve distanza dal luogo dell'assassinio, in un cassonetto, un agente trovò una sega. I denti dell'utensile erano cosparsi soltanto del sangue della vittima. Fu allora che ebbe un'intuizione. Chiese alla Scientifica di esaminare al microscopio ogni centimetro della sega, soprattutto di concentrarsi sull'impugnatura dell'attrezzo. Il risultato dell'analisi fu clamoroso: il killer aveva lasciato un minuscolo campione della pelle delle sue mani sull'impugnatura della sega. Era probabilmente successo che durante la violenta manovra per decapitare la vittima la pelle di una mano si era screpolata e aveva lasciato questo prezioso reperto agli investigatori. L'esame del DNA gli regalò la cattura del suo primo killer. Il codice genetico dell'assassino era sul database della Polizia, fu così un gioco da ragazzi individuarlo. In realtà il killer era stato schedato per un reato minore, una donna l'aveva denunciato per stalking. Dopo quell'evento la sua fedina penale era rimasta immacolata e nulla avrebbe potuto far presagire che lo stalker si sarebbe trasformato in un sanguinario assassino. Si chiamava Roger Cardin e si nascondeva dietro una facciata di rispettabilità grazie al suo mestiere di commercialista. Rivisse il momento del suo arresto. Quando entrò nell'appartamento di Cardin, al secondo piano di un'elegante palazzina che si trovava in un quartiere residenziale nell'8° Arrondissement, l'uomo non disse una parola. Non poteva credere che l'avessero scoperto e quando seppe che era stato un suo lembo di pelle a tradirlo, aprì un cassetto e estrasse un revolver per suicidarsi. Ma fu più svelto di Cardin, con un balzo lo disarmò e gli infilò le manette. Il suo primo caso di omicidio si era chiuso nel migliore dei modi.

Si scosse da quei pensieri e guardò l'orologio. Erano quasi le 20 e aveva un discreto appetito. Lasciò la panchina dei ricordi e si incamminò per raggiungere il Café Marly, il ristorante che frequentava spesso perché si trovava a un tiro di schioppo da Place Saint Honoré.

Si sedette a uno dei tavolini esterni che godevano del tepore emanato da alcune fungo-stufe a pellet. Aveva in mente di concedersi un'abbondante cena, gli sarebbe servita per metabolizzare quelle estenuanti ore di interrogatorio chiuso dentro una stanza.

Gli diede il benvenuto il proprietario del locale: «E' sempre un piacere averla come nostro ospite, ispettore capo Raynaud», gli sorrise.

Ordinò sei ostriche della Normandia, come antipasto, e, poi, una sogliola di Dover alla mugnaia con contorno di fagiolini all'agro. Per dessert scelse una Crème Brûlée, il suo dolce preferito. Il tutto accompagnato da una bottiglia di Muscadet ghiacciato.

Poco dopo si sedettero al tavolo accanto due belle ragazze, dovevano essere studentesse. Una delle due non gli tolse gli occhi di dosso e continuò a sorridere ammiccandogli. Jacques Raynaud era abituato a questo tipo di avances. Trentacinque anni, alto un metro e 85, fisico asciutto, un viso dai tratti irregolari sul quale svettava un naso importante, capelli neri pettinati all'indietro, intensi occhi marroni, non poteva essere considerato un campione di bellezza ma era un uomo che con le donne aveva sempre avuto un certo successo.

Dietro il suo sorriso accattivante con il quale conquistava i suoi interlocutori si nascondeva un carattere introverso, difficile, pieno di ombre. La metamorfosi da giovanotto allegro e spensierato a poliziotto sempre combattuto con se stesso e con gli altri era coincisa con il suo arrivo al Primo. Quando si trovava a risolvere casi di omicidio, Raynaud era talmente preso dalle indagini che si immedesimava nei panni della vittima al punto di provare le stesse sensazioni che doveva aver vissuto la persona a cui avevano tolto la vita.

Un processo di autoidentificazione che lo gettava in uno stato di profonda prostrazione e condizionava anche la sua vita privata: non riusciva a staccare la spina e le immagini dei morti ammazzati sui quali aveva indagato come grandi falene continuavano a apparire nella sua mente. Così era avvenuto per tutti i casi che aveva trattato, sia che fossero stati risolti, sia che il colpevole fosse ancora a piede libero. Con lo stato d'animo che lo legava a un passato popolato dai ricordi e dalle visioni delle sue vittime, si apprestava ad affrontare il prossimo caso, consapevole che, nonostante ogni sforzo che potesse fare, nulla sarebbe cambiato.

Quand'ebbe finito di cenare, salutò galantemente le due ragazze e uscì dal ristorante. Attraversò Place de l'Opéra, immersa nelle luci dei ristoranti che la circondavano, e si diresse verso Boulevard Haussman dove, al numero 54, aveva affittato un piccolo bilocale, ideale per uno scapolo qual era. Aveva arredato il piccolo appartamento che si trovava al quarto piano dell'elegante palazzo costruito alla fine dell'800, con pochi, essenziali, mobili. Una piccola ma attrezzata cucina a vista dava sulla sala dove al centro si trovava un tavolo rotondo con le estremità ripiegabili, circondato da quattro sedie. Di fronte era posto un divano ricoperto da un tessuto color amaranto. Accanto al divano, su un mobiletto, uno smart tv 52" 4k di ultima generazione. Completava lo spartano arredamento una grande libreria piena di volumi. Sugli scaffali aveva risposto i suoi libri universitari, la sua tesi di laurea, vari trattati di criminologia e anche una raccolta di libri sui delitti più efferati avvenuti in Francia negli ultimi dieci anni. Su un lato del soggiorno si apriva la porta che portava alla camera da letto. Anche qui pochi mobili, un cassettone d'epoca di mogano e due comodini con abat-jour che fiancheggiavano il classico letto matrimoniale francese a una piazza e mezzo. Sopra il cassettone aveva sistemato un impianto stereo con giradischi, un lettore di CD e due altoparlanti. Ai lati si trovava una pila di dischi in vinile e CD. Una collezione di brani di musica classica con le sinfonie dei più grandi autori, da Beethoven a Bach, Mozart, Brahms. Ascoltava i loro capolavori quando si coricava con la speranza che lo aiutassero a dormire.

Era da poco passata la mezzanotte e, anche se Raynaud era solito andare a dormire più tardi perché soffriva d'insonnia cronica sin da quand'era ragazzo, era così stanco che decise di coricarsi. Si spogliò, si stese sul letto, ascoltò la Nona di Beethoven, la sua sinfonia preferita. Poi prese venti gocce di una benzodiazepina, il suo consueto sonnifero. Dopo aver spento la luce poco dopo si assopì.
Erano circa le 5 del mattino quando si attivò la suoneria del suo cellulare. Prima che realizzasse che qualcuno lo stava chiamando sul suo portatile, passò qualche momento. La suoneria si arrestò ma poco dopo riprese con il suo petulante suono di chitarre e lo svegliò. Prese il cellulare dal comodino e si alzò dal letto barcollando:
«Chiunque tu sia devi avere almeno dieci buone ragioni per chiamarmi alle 5 del mattino!», disse. Aveva ancora la bocca impastata dal farmaco.

Dall'altro capo del filo una voce esitante:
«Ispettore capo Raynaud mi spiace tirarla giù dal letto a quest'ora della notte. Sono il sergente Antoine Durand e poco fa ho ricevuto al nostro Commissariato una telefonata piuttosto inquietante da un cittadino. L'uomo mi ha detto d'aver scoperto un cadavere disteso alla base della Colonna di Place Vendôme. Io e un altro collega stiamo per partire per raggiungere la scena del crimine. Lei, ispettore capo, potrebbe raggiungerci alla Colonna Vendôme?».
«Il tempo di vestirmi e sarò da voi», rispose deciso Raynard che ormai si era scrollato il sonno di dosso.

2

MENTRE STAVA PER IMBOCCARE PLACE VENDÔME Raynard non poté non ammirare la bellezza della piazza, illuminata solo dai lampioni a tre braccia che la circondavano. L'unica luce proveniva dall'Hotel Ritz che ne occupava il lato destro, ora che era stato recentemente restaurato era ancora più elegante ed esclusivo. Osservandolo gli venne in mente d'aver letto su un giornale in occasione dell'inaugurazione del nuovo Ritz che l'hotel in passato aveva ospitato il grande scrittore francese Marcel Proust e che, dopo la Seconda Guerra Mondiale, Ernest Hemingway era solito frequentare il bar dell'albergo in compagnia del suo amico, il celebre scrittore americano Francis Scott Fitzgerald. Finalmente raggiunse il sergente Antoine Durand che con l'altro agente, erano intenti a osservare un cadavere disteso sotto la base dell'ottocentesca colonna di bronzo.

Raynaud si trovò davanti a una scena del crimine decisamente unica nella sua drammaticità. La vittima, completamente nuda, era una ragazza bellissima, bionda e alta circa un metro e ottanta, dall'apparente età di 20-25 anni. Il suo corpo giaceva in posizione prona ed era disteso lungo la base della Colonna Vendôme.

Ciò che lo colpì fu la posizione in cui era stato disposto il cadavere. Le gambe erano divaricate al massimo, mettevano in mostra le parti intime, e anche le braccia erano completamente allargate in modo da formare una specie di X. Un motivo che il killer aveva ripetuto sulla schiena della ragazza dove aveva inciso, probabilmente con un coltello, profonde ferite che partivano dalle scapole e arrivavano alla vita formando un'altra X. Notò che il sangue era già rappreso.

Quando arrivò il momento di girare il cadavere nell'attesa che arrivassero gli uomini della Scientifica, Raynaud e i due agenti indossarono dei guanti di lattice. Insieme, delicatamente, ruotarono il cadavere mettendolo in posizione supina.

L'ispettore osservò che la ragazza aveva la pelle bianca come il latte, il naso all'insù, gli zigomi alti, le labbra dipinte con un rossetto color rosso scarlatto, erano un poco dischiuse e mettevano in mostra una dentatura perfetta. Gli occhi erano serrati, il killer aveva incollato con un mastice le palpebre sui bulbi oculari. In quell'istante arrivò il furgone della Scientifica. Scesero tre uomini che indossavano una tuta bianca che gli ricopriva il corpo e le scarpe. Si avvicinarono alla scena del crimine, cominciarono a esaminare la vittima e anche il terreno attorno al corpo posizionando dei contrassegni numerati.

Uno di loro si rivolse a Raynaud.

«L'ho riconosciuta, lei è l'ispettore capo Jacques Raynaud, ci siamo incontrati qualche tempo fa, in occasione di un riconoscimento. Forse lei non si ricorda di me, sono il dottor Adrien Laurent, responsabile dello studio di Medicina Legale che collabora con il suo Commissariato. Stanotte mi sono unito agli uomini della Scientifica. Ispettore, spero che non abbiate inquinato la scena del crimine…».

«Naturalmente no, dottore. Abbiamo solo girato il cadavere che giaceva in posizione prona, usando sempre i guanti», rispose indispettito.

«Bene, adesso do io un'occhiata».

Si chinò fino a sfiorare il corpo e lo accarezzò, indossando dei guanti di lattice blu.

«Vede, ispettore, queste chiazze color viola che ricoprono il corpo dal bacino sino ai piedi? E' la lividura cadaverica. Quando il cuore smette di pompare il sangue si deposita in basso. La lividura e il *rigor mortis* mi fanno pensare che la ragazza sia deceduta da circa cinque ore. Ma potrò essere più preciso dopo l'autopsia. Avete idea di chi possa essere?».

Raynaud gli rispose con tono secco: «No, assolutamente. Dovrà essere lei, dottore, a identificarla, con l'analisi del DNA o, più banalmente, confrontando con il nostro database le sue impronte digitali. Lei dovrà anche dirmi se il Soggetto Ignoto l'ha stuprata prima di ucciderla e di allestire questa teatrale messa in scena».

3

ERANO QUASI LE 6 DEL MATTINO quando il cadavere della misteriosa ragazza fu caricato sul furgone diretto all'obitorio dove operava il dottor Laurent.

Raynaud decise di non tornare a casa, sicuramente non avrebbe più ripreso sonno dopo la scoperta della giovane donna uccisa. Non riuscì a cancellare dalla mente l'immagine della ragazza e cominciò il consueto processo di autoidentificazione con la vittima. In questo caso erano molti gli elementi che aveva impresso nella mente: la completa nudità, la bellezza della ragazza, la particolare incisione a X sulla schiena, la disposizione del cadavere che riprendeva lo stesso motivo a X, gli occhi sigillati con il mastice.

Decise di andare al Commissariato. Quando fu nel suo ufficio cominciò ad elaborare alcune ipotesi sull'assassinio. La sua mente lo riportò indietro di sei anni quando un'altra ragazza era stata abbandonata nuda in Place Charles de Gaulle a pochi passi dall'Arco di Trionfo.

All'epoca Raynaud era da poco entrato nel Commissariato di Polizia del Primo Arrondissement di Place Saint-Honoré dopo aver vinto il concorso per un posto di agente grazie alla laurea che aveva conseguito con il massimo dei voti presso la facoltà di Criminologia dell'Università della Sorbona e al Master in Criminal Profiling che aveva frequentato post-laurea.

Diventare un criminologo e occuparsi di delitti era il sogno che coltivava sin da ragazzo. Il suo innato rispetto per la Giustizia e il desiderio di diventare un tutore della legge lo avevano indotto a lasciare la famiglia per trasferirsi a Parigi. Suo padre, George Raynaud, un ricco proprietario terriero di Maison Lafitte, una cittadina distante una quarantina di chilometri da Parigi famosa per gli allevamenti di purosangue, per le scuderie più prestigiose di Francia e per l'ippodromo, non era stato affatto d'accordo con la scelta del figlio. Per lui aveva programmato un futuro da manager nell'azienda di famiglia e pensava di affidargli la responsabilità della scuderia che ogni anno sfornava purosangue destinati a diventare campioni nelle competizioni. Un business milionario, ma il giovane Jacques non aveva nessuna intenzione di passare la vita accudendo i cavalli di casa.

«Caro il mio ragazzo, stai attento, farai un buco nell'acqua se deciderai di fare il poliziotto. Presto ti ritroverai con il culo per terra, senza un euro in tasca, e tornerai a Maison Lafitte a battere cassa. Ricordati queste mie parole ma sappi che qui è sempre casa tua e c'è sempre un lavoro serio e onesto per te».

Quelle parole erano rimaste indelebili nella sua mente, ma con orgoglio Jacques aveva continuato per la sua strada.

Raynaud rievocò quel vecchio caso. Anche la ragazza trovata nuda in Place Charles de Gaulle era stata vittima di un killer che l'aveva massacrata. Seppure allora non si fosse occupato personalmente delle indagini sull'assassino della ragazza, ricordava che il *modus operandi* del killer era stato comunque diverso da quello dell'attuale Soggetto Ignoto. Perciò, si disse, a sei anni di distanza, non era ipotizzabile un collegamento tra i due assassinii. Raynaud, poiché la memoria poteva tradirlo, decise di controllare. Dal suo computer si collegò con il server della Polizia e andò indietro di sei anni passando in rassegna tutti i delitti di cui erano state vittime delle giovani donne. Finalmente trovò ciò che cercava e sullo schermo gli apparve una scheda che riassumeva i dati sull'omicidio.

Lesse:

Nome e cognome: Anya Ivanov Eta': 23 anni.
Nazionalità: Ucraina, luogo di nascita: Kiev Professione: prostituta.
Causa della morte: strangolamento
Rapporto autoptico: varie ecchimosi ai polsi, ferite da coltello sui seni, capezzoli asportati chirurgicamente, vagina e ano con lacerazioni da stupro violento. Ferita mortale: taglio della giugulare. E' stato usato un filo d'acciaio.
Ora della morte: circa otto ore prima del rinvenimento (come da test al fegato). Esito delle indagini: negativo. Dopo le investigazioni durate sei mesi non è stato scoperto il killer.
Fine del rapporto, firmato ispettore Bernard Hustel.

L'ispettore chiuse il fascicolo. Era scosso. Ogni volta che leggeva i rapporti su assassinii così efferati, era preso dalla rabbia, non riusciva a capire come un uomo potesse essere così crudele e spietato con una donna. Eppure, con tutti i casi che aveva affrontato, doveva ormai aver fatto il callo alle brutalità di cui erano fatte oggetto le vittime.

4

ALLE SETTE DEL MATTINO IL DOT-
TOR ADRIEN LAURENT raggiunse l'Ospe-
dale Saint Louis, il più importante policlinico del
centro di Parigi. La sala delle autopsie si trovava
nel seminterrato. Quattro erano i tavoli chirurgici
disposti in fila nella parte centrale della stanza, su
essi erano distesi, nudi, i corpi da sottoporre a indagine autoptica.
Si avvicinò al tavolo dove i suoi assistenti avevano
adagiato la ragazza. Si fermò a osservare quel
corpo: era perfetto, e, nonostante il *rigor mortis*,
la sua nudità sprigionava una sensualità che, in
tanti anni di carriera, non aveva mai osservato in
un cadavere.
Rimase immobile con il bisturi in mano a doman-
darsi se aprire quel corpo con profonde incisioni
non fosse una sorta di profanazione. Così decise di
cominciare con gli interventi meno invasivi.

Prelevato il DNA, prese lo scanner per impronte digitali e spinse una per una le dita della mano destra e poi quelle della sinistra sotto il lettore dello strumento. Chiamò Vincent, il suo primo assistente.

«Prendi questo file di impronte scannerizzate, e invialo via mail al Commissariato che verificherà se c'è una corrispondenza nel database della Polizia. Il campione di DNA, invece, spediscilo al laboratorio di analisi».

Il dottor Laurent fece poi un prelievo di sangue per l'esame tossicologico, voleva controllare se la ragazza avesse assunto droga.

Esaminò con cura il resto del corpo, non c'erano né ferite né ecchimosi, a parte le due profonde ferite a forma di X sulla schiena che dovevano essere state inferte con un grosso coltello. Notò, però, che sulla nuca c'era il segno di un'iniezione. Quindi, cominciò a incidere con il bisturi il corpo e lo aprì con un'incisione a ipsilon.

Terminata l'autopsia, chiamò Raynaud al Commissariato.

«Ispettore, la prego di raggiungermi all'obitorio, ho concluso l'esame autoptico». Mezz'ora dopo l'ispettore entrò nell'Ospedale Saint Louis per raggiungere la sala delle autopsie. Raramente aveva visto un luogo così lugubre. Superata una squallida anticamera, fu accolto dal dottor Laurent che lo condusse sino al tavolo della sala dove si trovava la ragazza di Place Vendôme.

Raynaud disse: «Allora, dottore, a che punto siamo con l'identificazione della ragazza?».

«Non ho ancora novità, abbiamo inviato al vostro Commissariato le sue impronte digitali perché cerchiate una corrispondenza nel database della Polizia. Il laboratorio sta lavorando all'analisi del DNA. Ma se la vittima è incensurata non troverete nulla. La nostra speranza è che almeno una volta sia stata fermata per droga, visto che in corpo aveva 150 mg. di cocaina, una dose media che non è sicuramente la causa della morte».

«Ispettore, ora voglio spiegarle qual è stato il *modus operandi* del killer e come ha infierito sulla ragazza. Lei deve sapere che esiste una versione della *Midarine,* una sostanza che paralizza il corpo ma non anestetizza il paziente che, quindi, avverte ogni dolore. E' un farmaco derivato tanto efficace quanto volatile, nel senso che ha un'emivita di 10-12 ore dalla somministrazione, dopodiché ogni traccia scompare dal corpo. Il cadavere della ragazza mi è stato consegnato per l'autopsia non più di 8-9 ore dopo il decesso, ecco perché ho trovato la presenza del farmaco».

«Vuole dire che la ragazza ha provato dolore mentre le incideva la schiena con quei tagli a X? Il killer ha infierito ancora sulla ragazza?».

«La vittima ha subito pienamente cosciente anche un doppio stupro. Durante l'esame autoptico ho riscontrato alcune gravi lacerazioni nel segmento superiore della vagina così come nell'ano. Entrambe le violenze sono state inferte con una brutalità inaudita. Non abbiamo trovato tracce di liquido seminale, il Soggetto Ignoto ha sicuramente usato un preservativo prima di penetrarla».

«Mi dica, dottore, quando il killer ha disposto la ragazza con le braccia e le gambe allargate in quella posizione, lei era ancora in vita?».

«Sì, ma era sempre paralizzata dalla *Midarine* e non ha potuto porre resistenza».

«Qual è stata allora la causa della morte?».

«Da un piccolo foro che ho trovato sul lato destro della nuca, abbiamo scoperto che le è stata praticata un'iniezione. Già dopo un primo esame, mi ero convinto che la ragazza era morta per un'overdose di insulina. Un'ipotesi che qualche ora dopo è stata confermata dall'insulinemia, il test che indica la concentrazione di insulina nel sangue».

RAYNAUD SI ALZÒ ALLE 5. L'ansia per l'attesa di ricevere i risultati degli esami lo tormentava. Ma doveva aspettare che arrivassero le 8, l'ora in cui, presumeva, sarebbero arrivati. Per ingannare il tempo pensò di leggere un buon libro. Da uno scaffale prese il suo preferito, *Per chi suona la campana* di Ernest Hemingway. Era forse la quarta o quinta volta che lo rileggeva ma il fascino di quel romanzo in cui il grande scrittore americano attraverso un *alter ego* raccontava la sua esperienza come corrispondente di guerra quando aveva preso parte alla guerra civile spagnola, era rimasto immutato.

Quando arrivò a pagina 120, erano ormai le 7 del mattino. Chiuse il libro e lo ripose, con la cura che si ha per le cose care, sullo scaffale della sua libreria, tra i romanzi che amava di più. Dopo una rapida

doccia per risvegliarsi si vestì in tutta fretta, per essere al Primo intorno alle 8.
Poco dopo il suo arrivo quando un agente entrò nel suo ufficio e gli consegnò un foglio dov'erano riportati i risultati sul DNA e sulle impronte digitali della ragazza provò una forte delusione.

Nel documento c'era scritto:

Impronte digitali della vittima: nessun riscontro.
DNA della vittima: nessun riscontro nel database.

Raynaud lesse e rilesse quel foglio che, inequivocabilmente, attestava che la vittima era una perfetta sconosciuta per la Polizia francese.
Gli salì una rabbia in corpo che non gli era usuale, l'ispettore si sentì disorientato, assolutamente spiazzato. Come avrebbe mai potuto condurre le indagini su una sconosciuta e sul suo ancor più misterioso assassino?
Trascorse tutta la giornata a elaborare varie strategie da seguire e si convinse che la prima cosa da fare era tornare sulla scena del crimine per cercare eventuali testimoni da cui ricavare informazioni.
"E' impossibile", pensò, "che in una piazza nel pieno centro di Parigi nessuno abbia visto nulla!".

Chiamò il sergente Durand.

«Quando l'altra notte avete ricevuto la telefonata che denunciava la presenza di un cadavere, avete preso le generalità di chi vi ha chiamato?», ringhiò esternando la rabbia che aveva dentro sé.

«Naturalmente, ispettore capo», rispose con tono deciso Durand.

«Bene, allora rintracciate questa persona e convocatela con urgenza in Commissariato».

Un'ora dopo il signor Amjad Ben Barek, un marocchino naturalizzato francese, entrò esitante nel Commissariato.

Quando fu di fronte a Raynaud disse:

«Ispettore, non ho alcuna responsabilità sulla morte della ragazza, ho chiamato con il cellulare il Commissariato per denunciare il ritrovamento del corpo perché ho creduto che questo fosse il mio dovere di cittadino».

«Tranquillo, signor Ben Barek, non intendiamo accusarla di nulla. Ha fatto bene a chiamarci. Ora però deve rispondere alle mie domande», disse l'ispettore cercando di metterlo a suo agio. E incalzò: «Mi dica, qual è l'ora esatta in cui ha scoperto il cadavere?».

«Saranno state le 4.30 o, forse, le 4.40. Stavo camminando lungo la strada che passa a fianco della

Colonna Vendôme quando mi era parso di vedere una specie di fagotto bianco disteso sul terreno. Incuriosito, mi ero avvicinato e avevo visto che si trattava del corpo di una ragazza».

«La ragazza era ancora in vita?».

«No. Era rigida come un baccalà in quella strana posizione con braccia e gambe divaricate, il suo corpo era disteso a pancia in giù e non mi era stato possibile vedere il suo volto. Qualche istante dopo ho chiamato il vostro Commissariato».

«Ha visto qualcuno nei pressi del corpo della ragazza o ha notato un veicolo allontanarsi dal luogo del ritrovamento?».

«Assolutamente no. A quell'ora nella piazza non c'era anima viva, né persone né automobili. Mi spiace, ispettore, di non poterle essere d'aiuto».

Raynaud lo congedò ringraziandolo. Ora doveva pensare al passo successivo da compiere. Decise di tornare sulla scena del crimine con una squadra di cinque agenti.

Era il primo pomeriggio quando le due auto di servizio del Commissariato entrarono in Place Vendôme. Cominciarono a interrogare i custodi dei palazzi che circondavano la piazza. Ma nessuno aveva visto nulla, quando il corpo della ragazza era stato deposto alla base della Colonna era notte fonda e i custodi avevano da ore terminato il loro turno di lavoro. Raynaud realizzò che soltanto il Ritz a quell'ora era aperto. Entrò nell'hotel e si diresse alla concierge.

«Sono l'ispettore capo del Commissariato di Polizia del Primo Arrondissement», disse al receptionist. «Vorrei parlare subito con il direttore dell'hotel».

«Attenda qui, ispettore. Le cerco il direttore Fournier che la raggiungerà tra qualche minuto».

Vincent Fournier arrivò poco dopo. Vestiva un elegante completo color grigio fumo di Londra sul quale spiccava una cravatta rosso carminio quasi a voler mitigare la serietà dell'outfit. Era la perfetta incarnazione del direttore di un hotel prestigioso come il Ritz.

«Direttore, lei deve sapere che ieri notte è stata trovata una ragazza morta, completamente nuda, abbandonata ai piedi della Colonna Vendôme. Un delitto efferato sul quale stiamo indagando. Mi domandavo se il suo portiere di notte possa aver notato qualche movimento sospetto. Vorrei interrogarlo…».

«Vede, ispettore, noi abbiamo due portieri di notte

che si alternano. Ieri sera era di turno Armand Bonnet e oggi è la sua giornata di riposo. Ma se è una cosa urgente posso convocarlo».

Il direttore fece una telefonata, poi tornò da Raynaud:

«Bonnet potrà essere nel suo ufficio al Commissariato tra un'ora».

«La ringrazio molto», disse Raynaud congedandosi.

Armand Bonnet arrivò al Commissariato di Polizia del Primo Arrondissement poco più di un'ora dopo e fu accompagnato nell'ufficio dell'ispettore capo.

«E' stato informato che nella notte tra lunedì e martedì è stata trovata una ragazza nuda assassinata distesa sotto la Colonna Vendôme?», esordì Raynaud.

«Sì, mi ha raccontato tutto il direttore Fournier».

«Lei quella notte era di turno al Ritz. Ha notato niente di sospetto?».

«Verso le 4.30 di quella mattina sono uscito dal portone dell'hotel per fumare una sigaretta. Non ho visto nessuna ragazza nuda sotto la Colonna Vendôme ma la mia attenzione è stata attratta da un furgone nero che dalla Colonna si era immesso nella strada che porta fuori dalla piazza in direzione di Rue Saint Honorè. Mi ha colpito il fatto che procedeva a velocità sostenuta e con le luci spente. Non mi è stato possibile leggere la targa».

«Ha notato nient'altro?».

«Nient'altro, mi spiace. Poi sono rientrato in albergo e non mi sono mosso dalla mia postazione alla reception sino alle 7 del mattino quand'è finito il mio turno». Quando il portiere di notte uscì dal suo ufficio, Raynaud non era affatto deluso per le scarse informazioni che gli aveva fornito. Era esattamente quello che si aspettava d'ascoltare, quelle testimonianze non avrebbero comunque portato da nessuna parte.

Ci voleva ben altro.

6

RAYNAUD DECISE DI DARE ALLE INDA-
GINI una svolta decisa, dato il risultato degli interrogatori con i due testimoni oculari. Si ricordò
che alla ragazza erano stati trovati in corpo 150 mg
di cocaina. Questo forse era il punto da cui partire,
se avessero individuato il pusher che la riforniva
il malvivente avrebbe potuto identificarla. Ma
quale spacciatore cercare tra le centinaia che smer-
ciavano droga a Parigi?
Gli venne in mente che gli sarebbe stato utile in
questa ricerca il suo informatore più affidabile. Si
chiamava Gilbert Moreau, aveva fatto parte della
mafia marsigliese, poi era uscito dal giro e si era
trasferito a Parigi per dedicarsi ai piccoli furti negli
appartamenti. Raynaud l'aveva beccato con la re-
furtiva in mano un paio di volte ma aveva evitato

di perseguirlo. Aveva realizzato che Moreau avrebbe potuto essergli più utile fuori dalla prigione e fece con lui un patto, ciò gli avrebbe permesso di muoversi a suo piacimento tra le maglie della delinquenza parigina per poi riferirgli preziose informazioni.

Raynaud prese un paio d'ore per sé e uscì dal Commissariato. Aveva bisogno di respirare una boccata d'aria e di distrarsi per non ricadere nella sua patologica predisposizione a identificarsi con la vittima sulla quale stava indagando.
Con il suo passo spedito, lasciò Place Saint-Honoré per dirigersi verso Rue Saint Honoré. Al numero 47 si trovava il suo negozio preferito. All'*Anagol Collector*, uno store specializzato in vinili di musica classica nuovi e usati, aveva acquistato quasi tutti i suoi dischi. Nella sua collezione mancava l'edizione del 2016 dei Concerti Brandeburghesi di Johann Sebastian Bach nell'esecuzione della Philharmonia Orchestra diretta da Otto Klemperer.
Raynaud aveva ordinato il disco al negozio circa un mese fa. Forse saranno riusciti a trovarlo, si disse mentre stava raggiungendo il numero 47 di Saint Honoré.

Il raro vinile era arrivato. L'ispettore chiese al commesso di ascoltarlo nella cabina predisposta per i clienti. Per un quarto d'ora, le cuffie alle orecchie, il poliziotto rimase estasiato da quelle note magiche e credette di volare in una dimensione parallela dove non esistevano né omicidi né stupri e dove la malvagità non era mai entrata.

Uscì dall'*Analog Collector* con il disco. Era felice come un adolescente al quale avevano fatto il regalo che più desiderava.

Quella sera Raynaud andò a incontrare il suo informatore al *Cheval Noir*, un bar malfamato nella periferia sud di Parigi.

«Gilbert», gli disse, «ti affido un compito importante al quale voglio che ti dedichi subito. Prendi questa foto, è il ritratto del viso di una ragazza che l'altra notte abbiamo trovato morta ai piedi della Colonna Vendôme. Noterai che nella foto ha gli occhi chiusi perché il killer le ha incollato le palpebre sopra le orbite. Non l'abbiamo identificata ma sappiamo che la ragazza faceva uso di cocaina. Tu dovrai fare il giro di tutti gli spacciatori che conosci per individuare il pusher che la riforniva. Se la riconoscerà nella foto dovrà dirti come si chiama e darti altre informazioni. Sono stato chiaro?».

«Chiarissimo, ispettore capo. Ma mi ci vorranno diversi giorni per fare il giro di tutti i pusher».

«E' facile riconoscerla, ha un volto talmente bello che non si può dimenticare. In ogni caso io ho fretta di sapere chi è la misteriosa ragazza. Ti do 48 ore di tempo per fare la tua ricerca. Aspetto che mi chiami tra due giorni».

Uscito dal *Cheval Noir*, Raynaud decise di camminare un po' prima di prendere un taxi. Aveva la mente confusa, continuava a pensare alla ragazza di Place Vendôme, al suo corpo perfetto profanato da un killer spietato e sanguinario che non le aveva risparmiato di soffrire le pene dell'inferno prima di darle la morte.

Improvvisamente gli apparve il killer. L'immagine era sbiadita tuttavia vide che aveva in mano un grosso coltello con il quale si stava apprestando a colpire la sua vittima. La ragazza era stesa a terra, nuda, immobile, il killer avrebbe potuto infierire su lei quando avesse voluto.

Quando il taxi arrivò al Commissariato la visione era scomparsa e tornò con i piedi per terra. Era consapevole che aveva a che fare con un caso difficile, forse il più complicato della sua carriera. Ma il suo istinto lo spinse a credere che indagare nel mondo della droga sarebbe stata la via giusta per cercare di dare un nome alla vittima. E, poi, un po' di ottimismo non guasta mai, si disse.

7

LA MATTINA DI DUE GIORNI DOPO Raynaud ricevette un sms sul suo cellulare.

C'era scritto: «Ispettore ho trovato l'uomo che cercavamo. Vediamoci stasera alle 9 al solito bar».

Alle 8 l'ispettore salì su un'auto di servizio, ci voleva circa un'ora per raggiungere la periferia sud della metropoli e voleva essere puntuale all'appuntamento: forse finalmente avrebbe saputo qualcosa sull'identità della ragazza.

Raynaud durante il tragitto cercò di mettere ordine alle idee che gli frullavano in testa. Fantasticò, com'era solito, cercando di capire qual era il movente che aveva spinto il killer a usare tanta violenza nell'uccidere la sua preda. Ipotizzò mille motivi e nessuno. Perché, convenne, non c'era una spiegazione logica che giustificasse tanta ferocia.

L'immagine del killer gli apparve nuovamente. Era più chiara della volta precedente. L'assassino si volse verso di lui mentre stava per ghermire la sua vittima. Aveva il volto coperto da un mefisto nero che lasciava scoperti solo i suoi occhi di ghiaccio. Quando il suo autista gli disse che erano arrivati, l'allucinazione svanì improvvisamente così com'era arrivata e Raynaud tornò alla vita reale.

Il locale era sporco e buio. Lungo il bancone annerito dall'usura era disposta una teoria di sgabelli dove sedevano gli avventori. Tre sgangherati tavolini rotondi con un paio di sedie ciascuno erano allineati a ridosso di altrettante finestre oscurate da pesanti tende grigie. Gilbert Moreau era seduto a un tavolino che si trovava in fondo alla grande stanza. Fece cenno all'ispettore di raggiungerlo lì.
«Allora, Gilbert», disse Raynaud. «Quali notizie hai per me?».
«Ho trovato il pusher che forniva di droga tutte le settimane la ragazza. L'ha riconosciuta subito quando gli ho mostrato la fotografia».
«Ti ha detto come si chiama?».
«Purtroppo non conosceva il suo nome, lei ha sempre mantenuto l'anonimato. Ma mi ha dato delle indicazioni preziose: la ragazza faceva l'indossa-

trice e sfilava per gli stilisti più famosi».

«Nient'altro?».

«Nient'altro».

«Beh, Gilbert queste informazioni sono già qualcosa, mi permetteranno di andare avanti con le indagini. Hai fatto un buon lavoro ma adesso non approfittarti della mia benevolenza».

La mattina dopo l'ispettore capo ricevette al telefono una comunicazione dal suo capo, il Commissario Daniel Lefevre.

«Raynaud volevo avvisarti che dal Commissariato di Polizia del Quarto Arrondissement ti mandano un nuovo vice-ispettore. Si chiama Robert Roux, ha 38 anni, e una lunga esperienza nella Omicidi. Ti potrà essere un valido aiuto nelle tue indagini».

Raynaud non si mostrò particolarmente entusiasta alla notizia. Nelle investigazioni era solito agire da solo, e poi non sapeva che tipo fosse Roux e non voleva correre il rischio di allevarsi una serpe in seno. Tuttavia rispose con falso entusiasmo:

«Ottimo, capo. Avevamo proprio bisogno di un aiuto».

Poi passò a progettare le sue prossime mosse.

Chiamò Durand e gli disse:

«Sergente, ho bisogno che tu mi faccia al più presto una ricerca sulle più importanti agenzie di modelle di Parigi che si occupano di sfilate di moda. Quando avrai la lista vieni subito da me».

Quel pomeriggio il vice-ispettore Robert Roux arrivò al Primo per prendere servizio. Alto quasi 1,90, il corpo di un'asciutta magrezza, il volto scavato e ricoperto da una barbetta incolta, aveva il physique du rôle di un ergastolano più che di un poliziotto. Fu questa l'impressione che provò Raynaud quando Roux si presentò nel suo ufficio. Non gli piacque a pelle e ciò lo indusse fin dall'inizio a diffidare di lui. Tuttavia gli disse sfoggiando tutta la sua diplomazia:
«Roux ora sei nella squadra. Spero di poter contare su di te per ogni evenienza».
«Sono a tua completa disposizione», rispose Roux con tono deferente.
Raynaud realizzò che, prima o poi, avrebbe dovuto mettere Roux alla prova, ma si ripromise che l'avrebbe lasciato fuori dalle indagini sulla ragazza di Place Vendôme.

8

ERANO LE 10 QUANDO IL SERGENTE DU-
RAND entrò nell'ufficio dell'ispettore capo. Disse:
«Ispettore, questa è la lista delle più importanti
agenzie di modelle per le sfilate di moda di Parigi.
Sono cinque, per ognuna ho riportato indirizzo,
numero di telefono e nome del dirigente. Adesso
come vuole procedere?».

«Dovresti chiamare la prima agenzia della lista e
fissarmi un appuntamento con il direttore. Se il risultato dell'incontro sarà negativo, allora passe-
remo alla seconda e così via sino all'ultima».

«Mi dedico subito a contattare la prima agenzia.
Quando vorrebbe che fissassi l'appuntamento?».

«Anche oggi pomeriggio per me va bene».

Raynaud sperava che l'iniziativa d'indagare nelle

agenzie di indossatrici avrebbe portato buoni frutti. D'altra parte, si disse, dove cercare una modella se non nelle imprese che fanno da intermediarie tra le mannequin e le Case di Moda?

Ad un tratto, gli apparve di nuovo la ragazza di Place Vendôme. Stava ancheggiando sinuosamente sulla passerella di una sfilata. I riflettori avevano illuminato la sua silhouette. Il corpo fasciato nell'abito rosso che sembrava esserle pennellato addosso, la rendeva ancora più sexy. Vide anche se stesso, era seduto in prima fila, appena sotto la pedana. Stava osservando ammirato la sua eleganza. Avrebbe voluto gridarle di guardarsi le spalle, di fuggire, che un killer spietato voleva ucciderla. Ma non riuscì a farlo.
Durand entrò nel suo ufficio per riferirgli dell'appuntamento. E la visione svanì.

Raynaud seppe che la *Fashion Etoile* era la prima agenzia dove sarebbe andato. Aveva sede al numero 35 della centrale Rue de Rivoli.
Erano le 4 del pomeriggio quando Raynaud entrò negli uffici della società.
«Sono qui per incontrare il vostro direttore».
«Si accomodi in sala d'attesa, ispettore. Chiamo

subito il signor Simon», disse la segretaria.

Robert Simon era sulla trentina. Alto e slanciato, dal suo portamento si intuiva che da giovane aveva sfilato come modello. Con grande gentilezza invitò Raynaud a seguirlo nel suo ufficio. Quando furono entrambi seduti attorno al tavolo rotondo dove si tenevano le riunioni, Simon disse:

«Cosa posso fare per la nostra Polizia?».

«Lei è al corrente che martedì scorso è stato trovato il corpo nudo di una ragazza ai piedi della Colonna Vendôme?».

«No. Sinceramente non seguo i casi di cronaca nera».

«Le informazioni in nostro possesso ci portano a presumere che la sconosciuta fosse una modella. Forse lavorava tramite la sua agenzia? Ho qui una foto del suo volto. La riconosce?».

Simon prese in mano la fotografia e la osservò attentamente.

«Anche se ha gli occhi chiusi», disse «non ho mai visto questa ragazza in vita mia e tantomeno ha lavorato con la mia agenzia. Mi spiace di non esserle utile, ispettore», concluse.

Raynaud aveva altre quattro agenzie da visitare e per il giorno dopo programmò altri tre incontri, uno al mattino e due al pomeriggio.

Parlò con i direttori delle tre agenzie ma, sfortunatamente, nessuno fu in grado di riconoscere la ragazza.

Gli era rimasta solo l'ultima agenzia, forse la più prestigiosa, da visitare e si fece fissare un appuntamento per la mattina dopo.

Alle 10 Raynaud arrivò alla *Top Model Agency SA* in Rue de la Paix, a un passo da Place Vendôme. Rimase impressionato dall'eleganza degli arredi, divani bianchi di pelle ai lati della grande hall, una preziosa scrivania Luigi XV in perfetto stile rococò dietro la quale era seduta una ragazza che stava digitando sul computer. Sulle pareti erano appese le gigantografie delle modelle che lavoravano per la società. Erano state ritratte durante le sfilate. L'agenzia aveva vari locali ed era posta su due piani.

Da un'ampia scala a chiocciola che scendeva dal suo ufficio la direttrice Marie Legrand si diresse ad accoglierlo. La osservò mentre procedeva verso di lui con l'incedere di una top-model e fu colpito dalla sua bellezza.

Marie avrà avuto circa trent'anni, era una splendida donna: aveva un viso dai lineamenti perfetti, zigomi alti e una bocca sensuale con labbra carnose e ben disegnate, dipinte con un rossetto color corallo, la pelle era leggermente abbronzata. Ma erano i suoi occhi azzurro turchese a colpire chi la incontrava. Portava i lunghi capelli color biondo platino sciolti sulle spalle.

Marie lo precedette nel salire le scale e da dietro Raynaud poté ammirare ancora le sue belle e lunghe gambe lasciate generosamente scoperte da una vertiginosa minigonna.
Marie lo fece accomodare sulla sedia di fronte alla scrivania. Raynaud rimase per qualche attimo in silenzio ad ammirarla.
Si scosse soltanto quando lei parlò per prima:
«Allora, ispettore Raynaud, qual è il motivo della sua visita?», disse la direttrice.
«Martedì scorso abbiamo trovato senza vita il corpo nudo di una ragazza presso la Colonna Vendôme. Pensiamo che fosse una modella. Potrebbe riconoscerla da questa foto?», disse allungandole il ritratto della ragazza.
Marie nell'osservare l'immagine impallidì:
«La riconosco perfettamente. La ragazza è Claudia Alfieri, è stata una delle nostre modelle di punta.

Mi mancherà molto, le ero affezionata. Ma perché ha gli occhi chiusi?».

«Il killer le ha incollato con un mastice a presa rapida le palpebre sulle orbite oculari. Ma non è la sola nefandezza che ha commesso…Ma evito di riferirle i particolari…», rispose l'ispettore.

«Claudia», proseguì la direttrice, «aveva 23 anni ed era la figlia primogenita di una facoltosa famiglia italiana, piemontese per la precisione, prima di trasferirsi a Parigi infatti viveva a Torino. Lavorava con noi da più di un anno ed era una delle modelle più richieste…».

«Eravate in buoni rapporti? Tra voi, a parte il lavoro, si era instaurato un rapporto d'amicizia?», incalzò l'ispettore.

«No, parlavamo soltanto di abiti, di sfilate, di moda. Claudia era una ragazza ombrosa, molto taciturna, chiusa in se stessa come se nascondesse un segreto».

«Una ragazza misteriosa, in altre parole. Ora è mio compito cercare di scoprire cosa nasconde», disse Raynaud. Poi cambiò discorso.

«Sa, Marie, lei mi è stata molto utile, mi ha fornito informazioni preziose. Se avessi bisogno di contattarla per chiederle altri particolari su Claudia Alfieri lei sarebbe disponibile?».

Raynaud disse così per capire se anche Marie nutriva per lui la stessa attrazione che lui provava nei suoi confronti.

Si compiacque quando Marie fissandolo con i suoi magici occhi disse:

«Sono a sua completa disposizione, ispettore. Può chiamarmi quando vuole, le do il mio numero di cellulare così può contattarmi direttamente, evitando di passare per la segretaria».

Poi, sorprendendolo, aggiunse allargandosi in un sorriso:

«Mi piacerebbe essere messa al corrente dello sviluppo delle sue indagini su Claudia. Se è d'accordo, ispettore, potremmo organizzare un incontro quando lei avrà nuove notizie».

Raynaud uscì dalla *Top Model Agency* pensando che aveva ragione Sofocle quando diceva che la gioia più grande è quella che non è attesa. Non aveva mai incontrato una donna così affascinante. Dalla sua risposta gli sembrò che Marie nutrisse un po' d'interesse nei suoi confronti, e mentre percorreva il marciapiede di Rue de la Paix si ripromise che avrebbe fatto di tutto per conquistarla.

9

FINALMENTE LA RAGAZZA DI PLACE VENDÔME aveva un nome, Claudia Alfieri, aveva 23 anni e proveniva da un'agiata famiglia italiana. Raynaud per la prima volta da quando aveva cominciato a indagare sul caso aveva in mano qualcosa di concreto. Conoscere il nome e il cognome della vittima significava per lui solo un punto di partenza, arrivare a scoprire l'identità del Soggetto Ignoto gli sembrava ancora un obiettivo lontano anni luce eppure fu preso egualmente da una scarica di adrenalina che gli diede la forza per programmare i prossimi passi delle investigazioni. Indossò un abito spezzato, giacca beige e pantaloni blu di fresco lana, scelse una cravatta color blu oltremare di Zegna e uscì di casa. Il suo passo era veloce e leggero, quasi fosse un maratoneta che era tornato alla vita di tutti i giorni dopo aver partecipato a una gara podistica. In meno di 20 minuti raggiunse la sua meta. Quando entrò nel suo ufficio il suo primo pensiero fu quello di prendere contatto con la famiglia. Comunicare ai genitori la tragica morte della loro figlia sarebbe stato un compito decisamente ingrato ma, esaurita quella triste formalità, l'ispettore era certo che parlando con i suoi familiari avrebbe potuto ricavare delle informazioni su Claudia che altrimenti non avrebbe potuto avere.

Cercò il numero della Questura di Torino e chiamò chiedendo del Commissario. Quando l'ebbe in linea, disse:

«Mi spiace disturbarla, Commissario Parisi. Sono Jacques Raynaud, ispettore capo del Commissariato del Primo Arrondissement di Parigi. L'altro giorno è stata trovata assassinata in una piazza del centro una ragazza che abbiamo identificato come Claudia Alfieri. Abbiamo saputo che la sua famiglia vive a Torino. Avrei necessità di contattare casa Alfieri, vorrei parlare con il padre o la madre non solo per comunicargli la tragica scomparsa della loro figlia ma soprattutto per chiedergli informazioni su di lei. Noi conosciamo soltanto il suo nome e cognome e sappiamo che faceva l'indossatrice…».

Il Commissario Parisi tirò un respiro prima di rispondergli:

«Sono molto addolorato nell'apprendere questa notizia. Il dottor Riccardo Alfieri non solo è uno degli imprenditori più in vista di Torino, ha stabilimenti in Italia e all'estero, ma è anche un grande filantropo, ha fatto molto per la nostra città. Le procurerò il telefono di casa Alfieri, ma quando gli parlerà la prego di usare la massima delicatezza nel comunicargli la scomparsa della figlia. Le farò avere il numero entro un'ora al massimo».

Un'ora più tardi Raynaud compose il numero di casa Alfieri a Torino.

«Buongiorno, sono Jacques Raynaud, ispettore capo della Polizia di Parigi, vorrei parlare con il dottor Riccardo Alfieri…».

«Telefona da Parigi? Rimanga in linea, per cortesia, vado a annunciare la sua chiamata al dottore», rispose un uomo che probabilmente era il maggiordomo di casa.

Pochi istanti dopo Raynaud aveva dall'altra parte del filo il dottor Riccardo Alfieri.

Quasi presagisse che era successo qualcosa di grave, il dottore esordì: «Ispettore Raynaud, questo è il suo nome, vero?, mi sta chiamando per darmi notizie di mia figlia Claudia?».

«E' così, volevo parlarle, dottor Alfieri…», disse l'Ispettore cercando d'usare la massima delicatezza. Poi fu costretto ad aggiungere: «…e non ho buone notizie».

«E' finita in carcere?», incalzò Alfieri.

«Si faccia forza, signore. Claudia è morta. La notte di martedì scorso abbiamo trovato il suo cadavere ai piedi della Colonna di Place Vendôme. E' stata assassinata, stiamo cercando di individuare il killer».

Scese un silenzio spettrale che durò più di un minuto. Raynaud credette che il dottore avesse chiuso la conversazione. Invece, all'improvviso Riccardo Alfieri riprese a parlare con la voce rotta da un pianto sommesso:

«Sapevo che mia figlia prima o poi si sarebbe cacciata nei guai. Claudia aveva un carattere estremamente volubile ed è sempre stata una ribelle».

«Capisco che questo non sia il momento più opportuno, ma può darmi qualche informazione su Claudia? Ogni dettaglio mi sarà molto utile per le indagini», azzardò Raynaud.

«Claudia amava l'indipendenza più d'ogni altra cosa. Già quando aveva quindici anni si era allontanata da casa per alcuni giorni. Per non farsi mantenere da me, a diciott'anni appena compiuti, si era trasferita a Parigi. Era stata subito scritturata come modella per una campagna pubblicitaria. Il suo volto, illuminato dalle sapienti luci di un famoso fotografo americano, divenne l'icona di una colossale campagna pubblicitaria e il manifesto in cui era ritratta apparve su tutti i muri della metropolitana parigina e su ogni autobus francese».

«Lei all'epoca aveva già perso i contatti con sua figlia?», lo interruppe Raynaud.

«No, nei primi tempi Claudia tornava a casa ogni tre mesi circa e rimaneva in famiglia per qualche giorno. Poi, improvvisamente, due anni fa non ha dato più notizie di sé. Dopo alcuni mesi di silenzio, preoccupato per la sua salute, chiamai a Parigi un mio amico, il dottor Louis Duras, e lo pregai di assumere per mio conto un investigatore privato per indagare su Claudia e sapere che tipo di vita conducesse».

«Che cosa aveva scoperto l'investigatore privato, dottore?».

«Nulla di buono. Molto spesso Claudia era impegnata nelle sfilate di moda. Ma alcune sere si trasformava, si recava nel quartiere più malfamato di Parigi per procurarsi la droga. Quando seppi che mia figlia era dedita alla cocaina, provai una rabbia

indicibile. Dopo vari tentativi riuscii a trovarla nell'agenzia per la quale allora lavorava. Ma fu tutto inutile, Claudia si era trasformata in un'altra persona, era diventata una delle tante ragazze per le quali la droga era una ragione di vita. Fu allora che realizzai che avevo perso mia figlia per sempre e mi dissi che dovevo farmene una ragione».
Riccardo Alfieri disse poi con un filo di voce:
«Ispettore, quando potrò avere la spoglie di mia figlia? Vorrei riportare il suo corpo a Torino per tumularlo nella tomba di famiglia».
«Dottor Alfieri, il corpo di sua figlia è stato sottoposto ad autopsia, com'è prassi nei casi di omicidio. Se, come credo, l'anatomopatologo oggi terminerà gli esami, lei già domani potrà entrare in possesso delle spoglie di Claudia».
Aggiunse: «Quando sarà a Parigi mi raggiunga al Commissariato di Polizia in Place Saint Honoré. L'accompagnerò io all'Ospedale Saint Louis dove si trova il corpo di Claudia».

10

DI TUTTO CIÒ CHE AVEVA APPRESO dal dottor Alfieri su Claudia un particolare aveva acceso il suo interesse. Se la ragazza ribelle frequentava gli ambienti della malavita per procurarsi la droga il bandolo della matassa che conduceva al suo omicidio era da ricercarsi nell'ambiente degli spacciatori parigini. Per avere notizie su chi Claudia aveva frequentato e con quali malavitosi era stata in contatto c'era una persona che poteva essergli utile. Raynaud decise di far scendere in campo ancora una volta Gilbert Moreau. Lo chiamò sul cellulare e fissò un appuntamento con lui alle 20 di quella stessa sera.

S'incontrarono come il solito al *Cheval Noir*. Quella sera il locale era così affollato che sembrava che tutta la malavita di Parigi si fosse data appuntamento lì. Due loschi figuri a un certo punto si alzarono e si diressero verso l'uscita e si liberò un tavolo che Raynaud e Moreau si affrettarono a occupare. L'ispettore venne subito al punto:

«Moreau», disse. «Devo affidarti un altro compito importante. Ora sappiamo che la ragazza uccisa si chiamava Claudia Alfieri, era un'italiana di 23 anni che si era trasferita a Parigi per fare l'indossatrice. Sembra che avesse frequentato dei malavitosi e non mi riferisco solo al pusher che hai trovato. Io voglio che tu investighi sui suoi contatti, devi sapere chi incontrava, se aveva un amante... Adesso che hai il suo nome non ti sarà difficile ottenere informazioni. Mi aspetto che tu faccia tutte le ricerche necessarie».

«Ho capito, ispettore. Sai, rischierò molto per portare avanti questo compito, è come giocare con il fuoco. Ma io cosa ci guadagno?», replicò senza peli sulla lingua Moreau.

«Non preoccuparti, saprò come sdebitarmi con te», disse Raynaud alzandosi dal tavolo.

«Ci conto, ispettore. Mi farò vivo non appena avrò le informazioni che vuoi».

Raynaud guadagnò l'uscita dal locale e, ad un

tratto, tornò a immergersi nel suo mondo popolato di visioni. Gli apparve Claudia Alfieri. La ragazza era scesa da un taxi e aveva imboccato un vicolo buio e sinistro. Su un lato diversi cassonetti traboccavano di immondizia, dentro ai rifiuti alcuni topi si azzannavano tra loro per contendersi un boccone di cibo avariato. Dietro l'ultimo recipiente vide, seduto per terra, incurante di tanta sporcizia, un uomo di colore. Era un giovane rasta, aveva i capelli attorcigliati su se stessi a ciuffi come a formare delle corde. Le braccia e le gambe erano ricoperte di tatuaggi con simboli esoterici. Quando Claudia gli fu vicino, il pusher si alzò di scatto e le porse una bustina di droga. Incassato il compenso, quando lei si girò la stordì colpendola con il calcio di una pistola alla nuca. Le tolse la camicia, estrasse un grosso coltello e cominciò a inciderle una X sulla schiena. Il sangue colava dappertutto.

Raynaud si sentì impotente, non poteva fare nulla per fermare il pusher. Fu allora che, angosciato, tornò alla realtà e l'allucinazione di Claudia e del suo assalitore svanì dalla sua mente.

11

JACQUES RAYNAUD QUELLA MATTINA si alzò alle 7. Fece una doccia e poi si affacciò alla finestra. Era già spuntato il sole e il cielo era azzurro e terso. Sarebbe stata una bellissima giornata, calda come se fosse il primo giorno d'estate di quella pazza primavera di Parigi.

Si disse che era arrivato il momento di telefonare a Marie e, nella prospettiva di incontrarla, indossò il suo completo più elegante: un blazer blu, pantaloni di gabardine bianco latte, una camicia azzurra con il colletto e i polsini bianchi e una cravatta Regimental di Marinella a righe rosse e blu.

Quando fu in ufficio, verso le 10 prese il suo smartphone e chiamò Marie. Lei, riconoscendo il suo numero, rispose con voce cristallina:

«Ciao Jacques, che piacere sentirti…», disse. «Possiamo darci del tu, vero?».

Raynaud non aspettava altro:

«Con grande piacere, Marie! Se sei libera, volevo invitarti oggi pomeriggio a bere un drink, poi potremmo cenare insieme. Vedrai, ho scelto un ristorante molto carino…».

«Accetto volentieri il tuo invito. Dove possiamo incontrarci?».

«Se ti va bene potremmo vederci alle 18 al bar dell'Hotel Ritz. E' a quattro passi dalla tua agenzia».

«Okay. A più tardi, allora…».

Mentre contava le ore che lo separavano da quell'appuntamento che sperava preludesse a una storia sentimentale, Raynaud ricevette una telefonata che non si aspettava. Suo padre George era appena arrivato a Parigi per affari e stava arrivando al Commissariato per incontrarlo.

«Ora che sei diventato ispettore capo immagino che non ti sfiori nemmeno l'idea di ritornare a casa», disse papà George quando entrò nel suo ufficio, riaprendo un'antica discussione che aveva portato Jacques ad allontanarsi definitivamente dai suoi genitori.

Poi, a sorpresa, aggiunse: «Devo ammettere che hai fatto una bella carriera…». L'ispettore non si aspettava di sentire quelle parole. Papà George a suo tempo aveva cercato di dissuaderlo in tutti i modi dall'intraprendere un percorso di lavoro nella Polizia. L'aveva persino sbeffeggiato auspicando un suo fallimento e il ritorno a casa con la testa cosparsa di cenere. Ma le cose ora erano cambiate. Jacques si alzò dalla sedia e andò ad abbracciare suo padre, dopo il distacco durato tanto tempo.

L'ispettore sorvolò sui vecchi dissapori e disse: «Papà, perché non andiamo a festeggiare il nostro riavvicinamento in un bar qui vicino?».

Due coppe di champagne d'annata suggellarono la pace tra padre e figlio.

«Ora devo lasciarti, Jacques», disse George Raynaud. «Devo incontrare un facoltoso imprenditore che vuole acquistare un mio purosangue da corsa. Ma me ne vado felice, finalmente ho ritrovato mio figlio».

Raynaud, a causa dell'incontro inatteso con suo padre, arrivò con dieci minuti di ritardo all'appuntamento.

Marie lo stava aspettando al bar del Ritz sorseggiando un Bloody Mary, il suo drink preferito.

Quando Raynaud le fu accanto si rese conto che

era ancora più bella di come la ricordava. Aveva raccolto i lunghi capelli color platino dietro la nuca e i suoi occhi azzurro turchese sembravano ancor più grandi e magici.

Indossava una vertiginosa minigonna azzurra dalla vita bassa, sormontata da una cintura etnica con una grande fibbia dorata e molte pietre dure di diverso colore disposte a intervalli, la corta camicetta bianca lasciava generosamente scoperto l'ombelico. Era seduta su uno sgabello del bar con le sue bellissime gambe accavallate.

«Marie, sei fantastica, stasera...», disse Raynaud esternando la sua ammirazione.

«Anche tu non sei niente male, Jacques», rispose lei sorridendogli.

Le si sedette accanto e cominciarono a parlare del più e del meno con una complicità che lasciava trasparire l'attrazione che provava per lei.

A un certo punto Marie gli chiese:

«Allora quali notizie hai di Claudia?».

«E' una storia complicata», le rispose, «te ne parlerò più tardi, a cena».

Quando uscirono dal Ritz si diressero verso il vicino parcheggio sotterraneo dove Jacques aveva lasciato la sua auto, un Maggiolino Cabrio anni 70 color nero con la capote bianca che aveva restaurato.

«Il tuo Maggiolino è bellissimo», disse Marie, «dove l'hai trovato così perfetto?». Lui sorrise e la fece salire a bordo.

«Che ne dici se abbassiamo la capote? Fa così caldo, sembra d'essere in piena estate…».

Raynaud per quella serata che sperava fosse speciale sotto molti punti di vista, aveva scelto un ristorante alla moda, la Brasserie du Louvre Bocuse. All'interno il ristorante era elegantemente arredato con legni dorati e affreschi, ma il vero valore aggiunto del locale era la grande veranda che si affacciava sulla piazza del Palais Royal da cui si poteva godere la vista del palazzo della Comédie Française.

Scelsero di cenare all'esterno.

«Devo sapere più cose su di te», esordì Raynaud, «se vogliamo diventare amici».

«Hai ragione. Ti racconterò tutto. Ma a condizioni di reciprocità, anche tu dovrai dirmi ogni cosa di te».

«Okay, ma comincia tu…».

Marie esordì ricordando il periodo in cui era studentessa universitaria.

«Sono nata a Parigi, ho frequentato la facoltà di Giurisprudenza presso l'Università Panthéon Sorbonne Paris 1. Mio padre voleva diventassi avvocato ma io lasciai gli studi quando mi mancavano pochi esami alla laurea. Ero attratta dal mondo della moda e cominciai a sfilare per le più famose griffe. Poi, quando sono diventata troppo vecchia per fare la modella, mi sono ritirata e da un anno dirigo la *Top Model Agency*».

Fu interrotta dall'arrivo di un cameriere che chiese le ordinazioni.

«Ti piacciono i frutti di mare, Marie? le domandò Jacques».

«Sì, ne vado pazza», rispose.

«Bene. La specialità della casa sono le ostriche che vengono servite su un grande plateau con il granchio di mare, crevettes, gamberetti e lumachine».

Ordinarono il plateau di frutti di mare e, per secondo, due branzini al sale con contorni di fagiolini all'agro. Una bottiglia di Montrachet, uno dei migliori vini bianchi e secchi di Francia, ideale per accompagnare il pesce, innaffiò la cena.

«Non mi hai detto ancora niente del tuo lavoro. Perché sei diventato poliziotto?», gli chiese Marie.

«Sono nato poliziotto», disse Jacques. «Fin da

bambino sognavo di arruolarmi nella Polizia. Sono entrato sei anni fa nel Commissariato di Polizia del Primo Arrondissement di Place Saint Honoré grazie alla laurea che avevo conseguito presso la facoltà di Criminologia dell'Università della Sorbona e al Master post- laurea in Criminal Profiling. Occuparmi di delitti, omicidi mi ha sempre affascinato».

«E cosa mi racconti delle indagini su Claudia?». Marie tornò sull'argomento che Jacques prima non aveva affrontato».

«Ho parlato con il padre di Claudia, il dottor Riccardo Alfieri che ho chiamato a Torino. Mi ha riferito molte cose interessanti su Claudia, che è sempre stata uno spirito ribelle. Appena compiuti 18 anni aveva lasciato Torino per trasferirsi a Parigi dov'era stata scelta per la sua bellezza come testimonial di una grande campagna pubblicitaria. Nei primi due anni ogni tanto tornava a casa a trovare i genitori. Poi non diede più notizie di sé. Un investigatore privato oltre a scoprire che lavorava come indossatrice nelle sfilate di moda, trovò qual era il suo lato oscuro: la droga. E per procurarsela aveva cominciato a frequentare gli ambienti malavitosi di Parigi. E' qui che ora sto indagando…».

«Una bella senz'anima», commentò Marie che

aveva ascoltato con grande attenzione il racconto di Jacques. «Una storia che non mi sorprende, anch'io negli ultimi tempi mi ero accorta che Claudia mostrava i sintomi di chi si droga. Non ne avevo la certezza ma la percezione sì», aggiunse Marie.

Poi, cambiando discorso e virando sul personale, Marie, guardando fisso Jacques, gli disse:

«Sai, era da tempo che non trascorrevo una serata così piacevole…». Jacques non si lasciò sfuggire l'occasione:

«Sei una donna stupenda, Marie. Sono molto preso da te». Lei si alzò dalla sedia, gli si avvicinò e lo baciò sulla bocca.

Quando lasciarono la brasserie e salirono sul Maggiolino le propose di andare a bere il bicchiere della staffa a casa sua. Marie rispose con un sorriso che aveva il significato inequivocabile di un sì.

Arrivati al numero 54 di Boulevard Haussman, dentro l'ascensore Jacques la strinse a sé e abbracciati entrarono nel suo appartamento.

12

LA MATTINA DOPO JACQUES SI SVEGLIÒ alle 7 e con un braccio cercò Marie che aveva dormito al suo fianco. Ma trovò solo le lenzuola stropicciate. Pensò che se ne fosse andata via, che la magia di quella notte d'amore fosse già svanita. Si alzò dal letto scuro in volto e si diresse nell'altra stanza. Tirò un sospiro di sollievo vedendo che Marie era in cucina intenta a preparare la colazione, coperta soltanto da una delle sue camicie.

«Credo che tu si affamato come me. Ho saccheggiato il tuo frigo e frugato nella dispensa per preparare due uova al tegamino, del pane tostato con burro e marmellata, e una caraffa di caffè», sorrise Marie.

Si sedettero intorno al tavolino e divorarono la colazione come se avessero digiunato da giorni.

Jacques era felice, la donna dei suoi sogni era ancora lì davanti a lui. Si alzò, la baciò sulla bocca con passione ma si accorse che Marie sembrava triste, assente. Con gli occhi bassi e colmi di lacrime Marie disse:

«Devo farti una confessione…Jacques, temo che la nostra relazione sia impossibile…La Polizia francese non ammette relazioni tra colleghi…».

Jacques rabbuiato rispose:

«Non riesco a capire cosa vuoi dire. Noi non siamo certo colleghi…».

Piangendo Marie continuò:

«Lo siamo, Jacques! Io non sono la persona che ti ho fatto credere d'essere…Sono un vice-ispettore della Narcotici sotto copertura. Marie Legrand è un nome falso che mi sono inventata per rientrare nel campo della moda. Sono diventata la direttrice della *Top Model Agency* con lo scopo d'indagare sul giro di droga tra le modelle. Il mio vero nome è Monique Dupont…».

«Allora anche la storia della tua vita che mi hai raccontato è falsa…».

«Lo è in parte. Ho fatto la modella dai 17 ai 20 anni, poi mi sono iscritta a Giurisprudenza e ho preso la laurea per fare il concorso per entrare in Polizia. Anch'io come te ho sempre sognato di fare il detective. Mi hanno assegnata alla Sezione Narcotici perché, con il mio passato di indossatrice, avrei potuto con maggiore facilità investigare nel mondo della moda dove gira molta droga. Così sono arrivata alla *Top Model Agency…*».

«E brava la mia Marie o preferisci che ti chiami Monique? Bene, Monique, voglio che tu sappia una cosa. Io non intendo perderti, che vada a farsi fottere il regolamento della Polizia. Continueremo la nostra storia tenendola segreta a tutti. Sei d'accordo?».

«Anch'io non voglio perderti. Ma dovevi sapere chi sono realmente. Dovevo essere onesta…», disse gettandosi tra le sue braccia.

«Ho una soluzione ai nostri problemi. Se i nostri capi noteranno la nostra vicinanza diremo che il vice-ispettore della Narcotici Monique Dupont sta collaborando con l'ispettore capo Jacques Raynaud nelle indagini che sta svolgendo nel mondo parigino della droga. Sto pensando che questo non è solo un pretesto: potresti veramente darmi una mano ad indagare sui mercanti di droga che Claudia potrebbe aver frequentato…», aggiunse Jacques stringendola forte a sé.

«E' una buona idea. Credo che potrei esserti utile, in quest'anno sotto copertura ho raccolto molte informazioni su chi smercia la droga a Parigi».

13

USCIRONO DI CASA ABBRACCIATI, poi si separarono con un bacio e la promessa di rivedersi quella sera. Lei si diresse verso la sua agenzia e Raynaud al Commissariato.

Quando raggiunse il suo ufficio, un agente lo stava aspettando.

«Ispettore capo», gli disse, «Mezzora fa si è presentata in Commissariato una ragazza di 16 anni per denunciare uno stupro. Si occupa lei dell'interrogatorio?».

«Sono molto impegnato in un'indagine per un omicidio. Chiami il vice-ispettore Robert Roux e lo faccia venire da me. Seguirà lui questo caso di stupro».

Roux arrivò dopo qualche minuto da Raynaud.

Disse: «C'è qualche incarico per me?».

«Sì, dovrai occuparti della sedicenne che dice di essere stata stuprata. Segui la solita procedura interrogandola e facendoti raccontare tutti i particolari, inviala in ospedale a fare il kit-stupro e se è positivo cerca di ricostruire con lei un identikit dello stupratore. Poi mi riferirai tutto».

«Sarà fatto. Avrei una richiesta da farti, capo. Vorrei che mi coinvolgessi nelle indagini sulla ragazza assassinata in Place Vendôme. Potrei esserti d'aiuto, immagino che sia un caso molto intricato».

«Vedremo, ci penserò», rispose Raynaud con tono evasivo. E si domandò: perché Roux aveva tanto interesse a entrare nelle indagini su Claudia Alfieri? Forse, pensò, perché smaniava di lavorare al suo fianco.

Raynaud mentre stava aspettando di ricevere notizie da Gilbert Moreau cominciò a immaginare lo scenario dell'ambiente malavitoso nel quale Claudia poteva essersi ritrovata e ipotizzò che il suo omicidio, per ragioni che non conosceva, fosse stato ordinato a un killer da parte di uno dei malavitosi che frequentava, ancorché non fosse stato compiuto direttamente dallo stesso mercante di droga. Ma era soltanto una supposizione. Di questo era consapevole. Si alzò dalla sedia e sulla lavagna alle sue spalle scrisse:

1- Uccisa da un sicario

2- Uccisa da un boss della droga

Mentre stava osservando quelle parole la sua mente lo portò di nuovo in un'altra dimensione. Gli apparve Claudia Alfieri. Lei stava correndo, nuda, lungo la via che costeggiava Place Vendôme. Era disperata, aveva il cuore in gola e il volto perso nel terrore. Due uomini incappucciati la stavano inseguendo, la incalzavano. Erano il killer e il boss della droga. La corsa di Claudia finì presto. Il killer da dietro l'afferrò alla gola e la distese per terra. Stava per praticarle un'iniezione quando Raynaud tornò alla realtà, la visione tutt'a un tratto era svanita.

L'ispettore, dopo queste ricorrenti allucinazioni, si convinse che le apparizioni da cui non riusciva a liberarsi potevano essere le conseguenze di una malattia mentale. Così decise di farsi visitare al più presto da uno psichiatra. Scartò immediatamente l'idea di ricorrere a un medico specialista in servizio al Commissariato, se avesse riscontrato qualsiasi patologia la sua carriera sarebbe finita subito. Gli venne in mente che suo padre George aveva un caro amico che si era trasferito a Parigi per esercitare la professione di psichiatra.

Digitò sul motore di ricerca *dottor Albin Custeau*. Sullo schermo del Pc gli apparve la scheda dello specialista, il suo curriculum, indirizzo e telefono. Prese il suo smartphone e compose subito il numero di telefono. Fu fortunato, il dottor Custeau rispose dopo due squilli. Gli disse che avrebbe visitato volentieri il figlio del suo amico di Maison Lafitte. Nel pomeriggio aveva uno spazio libero per incontrarlo. Concordarono che sarebbe andato da lui alle 15, in Rue Bonaparte, 25.

Il dottor Custeau, ancora legato da grande amicizia con suo padre, fu molto disponibile, quasi affettuoso, con Raynaud. Seduto sulla poltrona davanti alla sua scrivania, l'ispettore cercò di spiegargli che era vittima di una sindrome che creava nella sua mente le immagini delle sue vittime e dei killer. E che, dopo ogni visione, veniva assalito da un'angoscia che lo prostrava. Il medico lo sottopose a una raffica di domande predisposte dal protocollo psichiatrico. Concluse che Raynaud soffriva di disturbo bipolare, la sua patologia era quasi borderline, nel senso che al prossimo peggioramento poteva degenerare in schizofrenia. Niente che non fosse curabile, lo consolò il dottor Custeau, ma l'ispettore avrebbe dovuto seguire con costanza una particolare terapia se voleva ristabilire l'equilibrio nella sua mente. In altre parole gli spiegò che quando la bipolarità arrivava a sfiorare il borderline, allora il cervello elaborava fantasie e allucinazioni. Avrebbe dovuto assumere una certa dose di litio quotidianamente. Il farmaco avrebbe cominciato a fare effetto dopo circa 8-10 giorni dalla prima assunzione. In aggiunta gli prescrisse altri farmaci.

Quando Raynaud uscì dallo studio del dottor Custeau era a dir poco disorientato. Sapere che le visioni erano dovute a un suo compromesso stato mentale era qualcosa che lo tormentava più delle sue stesse allucinazioni. Si fece forza e sperò che i farmaci avrebbero rimesso tutto a posto. Almeno voleva crederlo.

Erano quasi le 18 quando telefonò a Marie-Monique.

«Ciao, ci vediamo stasera?», disse Raynaud.

«E' tutto il giorno che penso a te, non vedo l'ora di vederti».

«Questa sera vorrei portarti in un ristorante italiano. Se ti piace la pasta lì fanno i migliori spaghetti alla carbonara di Parigi».

«Splendida idea! Io adoro la cucina italiana e la pasta in genere».

«Allora passo a prenderti alle 20».

«Perfetto».

«Ti amo, Monique».

Andarono a cena in una trattoria italiana che si trovava vicino a Place de la Concorde. Mentre aspettavano che gli servissero gli spaghetti alla carbonara Monique tornò sull'argomento della ragazza uccisa in Place Vendôme.

«Come proseguono le indagini su Claudia Alfieri?», gli chiese.

«Sono in attesa che arrivi a Parigi il padre, il dottor Riccardo Alfieri, per il riconoscimento. Poi predisporrò una strategia per dare impulso alle indagini», rispose seccamente Raynaud.

Lei notò che toccare l'argomento della ragazza di Place Vendôme aveva un effetto negativo su Jacques, le era parso innervosito e agitato. Così decise di cambiare discorso.

14

ERANO CIRCA LE DIECI QUANDO il dottor Riccardo Alfieri entrò al Commissariato di Polizia del Primo Arrondissement. Si fece annunciare e raggiunse l'ispettore Raynaud nel suo ufficio.

«La stavo aspettando, dottore», disse Raynaud porgendogli la mano e invitandolo ad accomodarsi nella sedia di fronte alla sua scrivania.

«Mi scusi per il ritardo, il mio volo è decollato un'ora dopo l'orario previsto», replicò Riccardo Alfieri.

Raynaud chiamò un agente e gli ordinò di portare due caffè. Mentre stava attendendo che ritornasse nel suo ufficio, osservò l'uomo che gli stava seduto di fronte. Indossava un completo di saglia grigio sul quale spiccava una camicia bianca, al collo aveva una cravatta scura. Il viso di Alfieri era pallido, le borse sotto gli occhi erano scavate come due solchi, tipiche di chi non ha chiuso occhio. Il suo sguardo era smarrito nel nulla, era l'immagine di un uomo sopraffatto dal dolore che, tuttavia, cercava con tutte le forze di reagire con dignità alla sventura che l'aveva colpito.

Alfieri, da quando era entrato nell'ufficio di Raynaud si era rinchiuso in un dignitoso silenzio. Bevuti i caffè, Raynaud disse:

«Si faccia forza, dottore. Ora l'accompagno all'Ospedale Saint Louis».

Saliti sull'auto di servizio del Commissariato, mezz'ora dopo Raynaud e Alfieri arrivarono al numero 1 di Avenue Claude Vellefaux dov'era l'ingresso dell'antico ospedale. All'usciere Raynaud chiese di avvisare il dottor Adrien Laurent del loro arrivo.

Mentre stavano camminando per raggiungere il reparto dove si trovava la sala delle autopsie, il dottor Laurent gli andò incontro.

«Le presento il dottor Riccardo Alfieri, è il padre della ragazza», disse l'ispettore.

«Le mie più sentite condoglianze», replicò il dottor Laurent. «Se è pronto, signor Alfieri, ora l'accompagno a vedere il corpo e le chiederò di fare il riconoscimento».

«Sono pronto, andiamo», rispose Alfieri con inaspettata determinazione. Attraversarono la sala delle autopsie fino a raggiungere il lettino dove l'anatomopatologo aveva riposto il corpo della ragazza, pietosamente coperto con un lenzuolo.

Quando Alfieri fu a fianco del lettino, il suo sguardo sembrava sperso, il volto era sbiancato come il telo che ricopriva la vittima.

Il dottor Laurent lo sollevò lentamente scoprendo il volto e parte del torace della ragazza.

«Ma…ma questa non è la mia Claudia», balbettò Alfieri con un filo di voce.

Né Laurent né Raynaud capirono cosa avesse detto.

«Dottor Alfieri, può ripetere?», disse l'ispettore.

«Questa ragazza non è la mia Claudia!», gridò Alfieri con tutta la voce che aveva in corpo avvicinandosi a pochi centimetri dal volto di Raynaud.

La sua voce riecheggiò nel silenzio della sala lacerando la lugubre atmosfera di quel luogo di morte.

Raynaud rimase a bocca aperta e non riuscì a replicare all'affermazione del dottor Alfieri. Si limitò a guardarlo dritto negli occhi per accertarsi che fosse sincero. Ma non poteva essere diversamente: aveva di fronte a sé l'immagine di un uomo disperato che era appena uscito da un tunnel e che voleva gridare al mondo che quel povero corpo non era quello della sua amata figlia. In quello stesso momento pensò: se il cadavere non era quello di Claudia, chi era allora la ragazza di Place Vendôme? Mentre elaborava mille e nessuna ipotesi, il dottor Alfieri lo sorprese ancora dicendogli con risolutezza:

«Ispettore, usciamo subito di qui. Quando saremo fuori vorrei parlarle di un'idea che mi è venuta in mente».

Alfieri in pochi secondi aveva metabolizzato l'emozione del mancato riconoscimento ed era tornato ad essere l'imprenditore di successo deciso e autoritario di sempre.

Si congedarono dal dottor Laurent e si diressero verso l'uscita. Si fermarono sul piazzale antistante l'Ospedale Saint Louis.

Alfieri esordì: «Ispettore, la ringrazio per avermi portato qui. Oggi è il più bel giorno della mia vita. Sapere che il corpo della ragazza uccisa non è quello di Claudia mi ha fatto ringiovanire di dieci anni!».

Poi, continuò con il tono di chi è abituato a dare ordini a centinaia di dipendenti: «Supponiamo che la mia Claudia sia ancora viva, come trovarla? Ho pensato di convocare l'investigatore privato che a suo tempo aveva svolto con successo le indagini. Se lei è d'accordo vorrei che la affiancasse come supporto nella ricerca. Inoltre ho deciso di mettere a disposizione di chi fornirà informazioni utili per ritrovare Claudia una ricompensa di 100.000 euro. Cosa ne pensa?».

«Dottor Alfieri, voglio essere molto chiaro con lei. Quanto all'investigatore privato le dico subito che non è possibile affiancarlo alle nostre forze di Polizia, il nostro regolamento non lo consente. Invece mi pare un'ottima idea quella della ricompensa. Avrei bisogno che lei mi facesse avere una foto recente della vera Claudia. La farò pervenire assieme alla segnalazione della ricompensa di 100.000 euro alle maggiori emittenti televisive di Francia. Spero che, considerando, l'entità della posta in palio le segnalazioni arriveranno».

«Grazie, ispettore. Prima di tornare a Torino passerò al Commissariato per depositare l'assegno della ricompensa. Poi le invierò la fotografia di Claudia».

Mentre Raynaud saliva sull'auto di servizio, Alfieri se ne andò con un taxi. L'ispettore era rimasto colpito e ammirato dalla forza d'animo di quell'uomo. Nel giro di pochi minuti aveva superato la più cupa disperazione ed era tornato ad essere una persona controllata e razionale, al punto da elaborare una strategia per ritrovare sua figlia.

15

UNA VOLTA ARRIVATO IN UFFICIO, Raynaud chiamò subito Monique.

«Ciao, tieniti forte, ho una notizia sorprendente, qualcosa che non puoi assolutamente immaginare!».

«Cosa sarà mai? Sono abituata a vedere tutto e il contrario di tutto!», replicò Monique.

«Non quello che sto per dirti. Stamattina all'obitorio il dottor Alfieri non ha riconosciuto la figlia. Non è di Claudia il corpo steso sul lettino ma quello di un'altra ragazza. Come lo spieghi? Tu avevi riconosciuto Claudia Alfieri dalla fotografia che ti avevo mostrato…».

Monique, sorpresa per la rivelazione, stette in silenzio per alcuni istanti. Poi, disse:

«Jacques, tutto questo ha dell'incredibile. Posso

soltanto dirti che quando circa un anno fa quella ragazza si presentò alla mia agenzia disse di chiamarsi Claudia Alfieri e io non ebbi modo di dubitare della sua identità. Le feci sottoscrivere un contratto di collaborazione con la *Top Model Agency*, come facciamo con tutte le modelle, che lei firmò *Claudia Alfieri*. Da allora lei ha sempre lavorato per l'agenzia come Claudia Alfieri, prendendo parte a numerose sfilate di moda. La ragazza era un tipo taciturno, riservato, che pensava soltanto al suo mestiere».

Raynaud chiuse la conversazione con Monique, riconoscendo che lei non poteva immaginare che c'era stato uno scambio di persona. E si immerse nei suoi pensieri. Chi era in realtà la ragazza che aveva preso il posto di Claudia e dove era finita la vera Alfieri da un anno a questa parte, almeno? Erano domande che parevano senza risposta, tuttavia l'ispettore aveva intenzione di andare in fondo nella storia e d'indagare senza sosta.

Richiamò Monique.

«Vorrei provare a interrogare le modelle della tua agenzia. Magari qualcuna di loro potrebbe fornirmi informazioni utili per identificare la ragazza di Place Vendôme, cosa ne pensi?».

«Mi sembra una buona idea, Jacques. Credo che

potrò convocarle in agenzia entro domani. Potrai venire a interrogarle nello stesso pomeriggio».

«Perfetto, Monique. Prima le interrogherò, meglio sarà. Grazie, un bacio».

Raynaud era consapevole che se fosse riuscito a dare un nome alla ragazza di Place Vendôme, le indagini per rintracciare Claudia Alfieri avrebbero potuto avere un deciso avanzamento. Provò anche a ipotizzare cosa era potuto succedere a Claudia e si rese conto che ogni supposizione poteva essere valida. Una cosa era certa, si disse, Claudia era scomparsa da *almeno un anno*. Un esilio volontario oppure era stata rapita e per tutto quell'arco di tempo era stata tenuta segregata dai suoi aguzzini?

Nel primo pomeriggio del giorno dopo Monique convocò nel suo ufficio le modelle della sua agenzia. Erano undici, una più bella dell'altra. Ad esse si era aggiunta Sophie Leroy che aveva firmato il contratto con la *Top Model Agency* soltanto da due giorni. La direttrice mostrò loro la fotografia della ragazza di Place Vendôme, sottoponendo alle ragazze la stessa immagine nella quale lei aveva riconosciuto Claudia Alfieri. Le modelle dissero che la ragazza della foto era Claudia Alfieri. Soltanto Sophie, dopo essersi soffermata qualche istante sulla fotografia, disse con tono deciso:

«No, un momento, ragazze…vi state sbagliando. Il suo nome non è Claudia Alfieri ma Brigitte Corday…Ne sono sicura, è stata mia compagna di sfilata per l'agenzia *Fashion Team* per la quale ha lavorato sino a due anni fa quand'è stata licenziata in tronco dal direttore che l'aveva scoperta nello spogliatoio mentre si drogava. Anch'io ho lasciato da poco la *Fashion Team* ma per altri motivi, non venivo abbastanza valorizzata».

Monique chiamò subito Raynaud che si precipitò all'agenzia per interrogare Sophie Leroy. L'ispettore tirò un respiro di sollievo nell'apprendere che la ragazza uccisa ora aveva un nome.

«Sophie», disse, «è sicura che la ragazza uccisa è Brigitte Corday? E perché, secondo lei, qualcuno l'ha voluta morta? Brigitte si era messa nei guai?».

«E' passato un bel po' di tempo da quando l'ho vista l'ultima volta. Io credo che Brigitte si fosse cacciata in un grosso casino. Anche se lei non si confidò mai completamente con me, sono convinta che, data la sua totale dipendenza dalla droga, per procurarsi la cocaina fosse disposta a tutto. Ma ciò che guadagnava con le sfilate era soltanto una goccia nel mare. Fu così che lei aveva finito per accumulare un colossale debito. Prima o poi Brigitte

avrebbe dovuto rimborsare ai suoi fornitori, credo, diverse decine di migliaia di euro…».
«Grazie, Sophie, per la sua testimonianza. Mi è stata molto utile», sorrise Raynaud congedando la ragazza. Salutò Monique e guadagnò la porta per dirigersi al Commissariato.

In ufficio, Raynaud elaborò le prime considerazioni dopo la scoperta della vera identità della ragazza.
Pensò che poteva essere andata così: Brigitte negli ultimi due anni non era mai riuscita a mettere insieme la grossa somma per pagare il suo debito e la malavita della droga ora aveva deciso di chiudere il conto emettendo una sentenza di morte. Era questa l'ipotesi più verosimile ma non giustificava il *modus operandi* del killer: braccia e gambe divaricate che formavano una X, stupro vaginale e anale, una grande X incisa con profonde ferite su tutta la schiena, gli occhi chiusi dalle palpebre incollate…
L'ispettore realizzò che non poteva essere una semplice vendetta per un mancato pagamento.
Doveva sapere di più sulla ragazza di Place Vendôme. Così decise di far controllare se il nome di Brigitte Corday era presente nel database della Po-

lizia. L'agente che Raynaud aveva incaricato della ricerca tornò più tardi con la stampa della schermata dove erano apparsi la foto della ragazza il nome, l'età, e la città di nascita. In calce erano riassunti i reati per i quali era stata schedata.

C'era scritto:

Brigitte Corday Età: 24 anni.
Luogo di nascita: Lione.
Professione: indossatrice e modella.
Causale dell'arresto: uso di droga e spaccio di stupefacenti.
Pena comminata: 8 mesi con la condizionale.

Una drogata che è andata incontro al suo destino, pensò Raynaud. Ma rimaneva aperto un altro interrogativo. Perché mai Brigitte aveva preso il posto di Claudia all'agenzia di modelle? Quale legame, quali interessi accomunavano Brigitte Corday e Claudia Alfieri?
Quando fu a casa l'ispettore si rese conto che quegli interrogativi ancora senza risposta stavano minando il suo già precario equilibrio psichico. Si fece forza pensando che altre volte in passato gli era capitato di ritrovarsi in una situazione simile e

che, alla fine, quando l'indagine si era conclusa positivamente, era tornato alla normalità. Purtroppo il lato oscuro della sua mente si era sempre più aggravato e adesso le visioni delle vittime sulle quali stava indagando danzavano nella sua mente come grandi falene.

Rimuginando sullo stato della sua salute per la prima volta si domandò: se avesse fatto il manager nell'azienda di famiglia la sua condizione psichiatrica sarebbe stata migliore? Avrebbe avuto egualmente delle allucinazioni oppure le visioni che lo tormentavano erano indotte dal suo mestiere di poliziotto che lo portava a contatto quasi quotidianamente con morti ammazzati, causando apparizioni che scavavano sempre più solchi profondi nella sua mente?

Era un interrogativo che voleva sottoporre al dottor Custeau quando l'avrebbe incontrato per una nuova visita. Forse lo psichiatra sarebbe riuscito a dargli una risposta.

16

QUELLA SERA NON AVREBBE VISTO Monique, impegnata a seguire una sfilata di un noto stilista italiano. Si preparò una cena frugale, due uova strapazzate e un'insalata di lattuga e radicchio, e poi seguì in televisione un talk- show dove i protagonisti erano uomini politici di schieramenti opposti. La trasmissione a un certo punto si trasformò in un'insopportabile rissa verbale tanto che Raynaud spense il televisore e decise di andare a dormire. Era quasi mezzanotte. Per un insonne com'era, era troppo presto per coricarsi. Prese una doppia dose del sonnifero che assumeva abitualmente.

Quando finalmente si addormentò. Il suo subconscio lo proiettò ancora in Place Vendôme. La piazza era avvolta da un'oscurità pressoché totale.

Un furgone nero procedeva a fari spenti verso la base della storica colonna. Un uomo aprì il portellone laterale del furgone, scaricò il corpo nudo della ragazza e lo depose a pancia in giù ai piedi della colonna. Il killer indossava una tuta nera e aveva il capo coperto da un mefisto che lasciava solo uno spiraglio per gli occhi. Aveva uno sguardo implacabile. L'uomo aveva già inciso con un coltello la schiena della vittima, i tagli andavano da un lato all'altro, da destra a sinistra, e disegnavano una X. Poi divaricò le gambe e le braccia della ragazza in modo da ripetere la X incisa sul dorso. Infine si diresse verso il furgone e, prima di salire, si girò con un revolver spianato pronto a far fuoco ed esclamò:

«Questa pallottola è per te, ispettore. Mettiti il cuore in pace, non mi prenderai mai!».

Raynaud prima che il killer sparasse si svegliò di soprassalto. Aveva il viso e il torace madidi di sudore, la mente confusa.

Non è possibile, disse tra sé, ho rivissuto l'assassinio di Brigitte Corday e ho visto come ha agito il killer!

Poi, superata l'emozione di quell'allucinazione così tremendamente realistica, fece un'amara considerazione: la nuova visione stava mettendo in seria discussione l'efficacia della terapia che gli era stata prescritta. Sinora aveva avuto un discreto miglioramento nel suo umore, non gli era più capitato di passare da uno stato di euforia alla depressione. Ma l'altro giorno, la lettura di un articolo scientifico pubblicato sul sito del reparto psichiatrico di un ospedale di Lione, l'aveva molto inquietato. C'era scritto che il bipolarismo è una malattia dalla quale non si guarisce. Lo psichiatra autore della relazione aveva anche aggiunto che, secondo recenti studi effettuati su un campione rappresentativo di pazienti psichiatrici, si era arrivati alla conclusione che il bipolarismo è una malattia genetica, si insedia nel DNA e si può trasmettere da padre in figlio. Pensò allora agli sbalzi d'umore di papà George ai tempi in cui era ragazzo. Allora erano stati attribuiti al suo carattere difficile, a volte insofferente e persino aggressivo. Ora a Raynaud era sorto il sospetto che anche suo padre fosse bipolare e che probabilmente aveva ereditato da lui la malattia.

Decise di riferire l'accaduto al dottor Custeau, voleva sapere perché le visioni erano nuovamente apparse, nonostante la terapia che stava seguendo scrupolosamente. Si ripromise di chiamare lo specialista al più presto. Voleva sapere la verità, se stava diventando pazzo e se mai esistesse una via d'uscita dalla malattia.

Erano le 6 del mattino. Raynaud non riuscì più dormire. Alle 6.30 fece una doccia per scacciare i brutti pensieri, si vestì e andò al Commissariato.

17

ERANO LE 8.30 QUANDO L'AGENTE Solvay bussò alla porta dell'ufficio dell'ispettore.
«Signore, il corriere DHL mi ha consegnato questa busta. E' indirizzata a lei». Raynaud lesse il mittente: «Riccardo Alfieri - via Roma, 111 10123 Torino». Nella busta era contenuta una fotografia in formato A4 di Claudia. La ragazza era ritratta a mezzo busto. Sorrideva guardando in macchina. Raynaud si soffermò per qualche istante a osservare quel viso perfetto illuminato da grandi occhi verdi. Gli zigomi alti e le labbra ben disegnate e carnose lo portarono a considerare che Claudia Alfieri era sicuramente più affascinante di Brigitte Corday, la ragazza che aveva preso il suo posto. Fu talmente ammaliato da quella fotografia che gli restituiva l'immagine di una

giovane donna raggiante e spensierata che non si accorse che dietro la fotografia era incollata una busta. La aprì, in un foglio c'era scritto:

«Ispettore Raynaud, ora che ha la foto della mia Claudia, la invii subito ai mezzi d'informazione con la segnalazione della ricompensa di 100.000 euro. Lei è l'unica persona che può scoprire se Claudia è viva o morta. Confido in lei. Con gratitudine, Riccardo Alfieri».

Raynaud non perse tempo. Fece digitalizzare la fotografia e allegò una didascalia dov'era riportato il nome della ragazza scomparsa assieme all'annuncio della ricompensa di 100.000 euro. Dopo aver avvisato le varie redazioni, le inviò via email ai telegiornali delle maggiori emittenti, France 2, France 3 e Tf1. Poi inoltrò la stessa immagine con la didascalia a tutti i commissariati di Parigi. Mentre spediva questi documenti fece una considerazione: nella fotografia Claudia aveva negli occhi la gioia dei suoi 23 anni. Nulla faceva presagire a una sua scomparsa, volontaria o forzata che fosse.

Il giorno dopo la messa in onda nelle emittenti della fotografia e dell'annuncio che erano a disposizione 100.000 euro per chi fornisse informazioni per rintracciare Claudia Alfieri, Raynaud fu contattato dal telegiornale di France 2.

«Ispettore Raynaud? E' lei il responsabile delle indagini su Claudia Alfieri?», si accertò il giornalista.

«Sì, sono io. Mi dica: ci sono novità sull'annuncio che avete trasmesso?».

«Sì, ispettore. Un uomo ha chiamato la redazione circa un'ora fa, sostiene d'aver visto la ragazza della foto. Noi gli abbiamo chiesto di venire domattina nel suo Commissariato in modo che possiate interrogarlo».

«Ottima iniziativa. Con chi sto parlando?».

«Sono Roger Danson, caporedattore del telegiornale di France 2».

«Mi dica, signor Danson: come si chiama il testimone?».

«Jacques André. Al collega che ha preso la chiamata ha dato la sensazione d'essere una persona perbene», rispose il caporedattore congedandosi.

Alle 9 della mattina dopo Jacques André si presentò al Commissariato del Primo Arrondissement chiedendo dell'ispettore Raynaud. Era sulla cinquantina, aveva modi gentili ed educati. Si dichiarò disponibile a rispondere a tutte le domande.

Quando fu di fronte a Raynaud, disse:
«Ispettore, vorrei fare una premessa. Non sono venuto qui perché aspiro alla ricompensa di 100.000 euro ma per assolvere al mio dovere di cittadino».
«Ciò le rende onore, signor André. Mi dica: quando e dove ha incontrato Claudia Alfieri? Quale rapporto ha avuto con lei?».
«L'ho incontrata una volta solo, circa tre mesi fa. Stavo attraversando la piazza dell'Opera quando mi imbattei nella bellissima ragazza della fotografia che France 2 ha messo in onda. Era alta, slanciata, lunghi capelli biondi incorniciavano il suo volto. Mi colpì il suo sguardo, i suoi grandi occhi verdi erano sbarrati in un'espressione di grande paura. Mentre mi stavo avvicinando a lei per chiederle se avesse bisogno d'aiuto, una grossa auto nera si accostò al marciapiede dove lei si trovava. Due uomini scesero, la fecero salire sull'auto e ripartirono subito. Da allora non l'ho più vista…».
«Ha avuto l'impressione che quegli uomini la tenessero in ostaggio oppure, al contrario, che la ragazza avesse con loro un rapporto amichevole?».
«Non saprei dire, ispettore. I due uomini non avevano un aspetto rassicurante, questo è sicuro. Ma la ragazza era salita sull'auto senza esserne stata costretta. Un particolare che ho notato subito».

«Grazie per la sua testimonianza, signor André. Non è quello che speravo di sentire, ma almeno ora sappiamo che fino a tre mesi fa Claudia Alfieri era in vita».
Poco dopo Raynaud ricevette una telefonata dal suo capo, il Commissario Daniel Lefevre.
«Raynaud, come vanno le indagini su Claudia Alfieri? Ho visto l'annuncio in televisione della ricompensa di 100.000 euro».
«Capo, in realtà sinora si è fatto avanti un solo testimone ma non ci ha rivelato niente di particolarmente interessante. Ha detto d'averla incontrata circa tre mesi fa, perciò Claudia allora era viva. Ora aspettiamo che si facciano avanti altri testimoni, attratti dalla ricompensa. Con ulteriori informazioni le indagini per ritrovarla prenderanno una nuova svolta».
«A proposito delle indagini, Raynaud, perché non ti avvali della collaborazione del vice-ispettore Robert Roux? Mi dicono che da quando è arrivato da te, l'hai confinato in una scrivania a consultare delle scartoffie».
«Non è proprio così, capo. Gli ho assegnato l'indagine di un caso di stupro. Comunque, se tu me lo ordini, lo farò entrare nella squadra che si occupa delle indagini su Claudia Alfieri».

«Bene, vedrai che non te ne pentirai, Roux è un ottimo investigatore e per di più gode di grandi protezioni nei piani alti. Tienimi al corrente dell'evoluzione del caso Alfieri».
Indispettito Raynaud sbatté sulla scrivania il ricevitore. Non poteva soffrire Roux, gli era rimasto indigesto sin dal primo incontro. Questione di pelle. E adesso doveva accoglierlo nel suo team perché era un raccomandato? Si disse che tutto ciò non stava né in cielo né in terra. Tuttavia si rese conto che, suo malgrado, avrebbe dovuto fare buon viso a cattivo gioco permettendo a Roux di lavorare a suo fianco.
Rober Roux bussò alla sua porta un paio d'ore dopo il colloquio tra il Commissario Lefevre e Raynaud.
Con una certa dose di sfrontatezza, disse:
«Ispettore capo, ho saputo che ora posso lavorare nella tua squadra per indagare su Claudia Alfieri. Ho visto in televisione l'annuncio della ricompensa di 100.000 euro, ora vorrei che tu mi aggiornarsi sullo stato attuale delle indagini».
Raynaud lo guardò fisso negli occhi con aria sprezzante.
«Roux voglio chiarire subito una cosa. Tu mi sei stato imposto dall'alto ma ciò non ti esime dal ri-

spettare le mie regole. Sia ben chiaro che se sgar-rerai un sola volta ti sbatto fuori non solo dalla mia squadra ma dall'intero Commissariato. E ora met-tiamoci al lavoro».

Raynaud lo mise al corrente dei fatti. Il corpo della ragazza di Place Vendôme non era quello di Claudia Alfieri bensì quello di Brigitte Corday, una modella che lavorava come lei per la *Top Model Agency,* che aveva preso il suo posto circa un anno fa. Da allora Claudia era scomparsa. Un testimone che aveva visto l'annuncio trasmesso da France 2, si era fatto vivo. Durante l'interrogatorio l'unico particolare significativo emerso era che Claudia tre mesi fa era in vita.
«Con questi scarsi elementi», disse Raynaud, «dobbiamo partire con le indagini per ritrovare Claudia. Mi aspetto che, prima o poi, spunteranno altri testimoni che cercheranno di intascare la ricompensa. In ogni caso noi dobbiamo muoverci subito. Brigitte Corday, la ragazza di Place Vendôme, forse è stata uccisa perché non aveva pagato il debito che aveva con gli spacciatori di droga. Anche Claudia, probabilmente, è dedita alla cocaina e ciò mi spinge a pensare che è nell'ambiente della droga che troveremo la risposta».

«Ho capito, capo. Comincio a indagare oggi stesso», disse con falsa deferenza Roux nel lasciare l'ufficio di Raynaud.

La sera, a cena, Raynaud si sfogò con Monique. «Non ci crederai, ma oggi ho dovuto far entrare nelle indagini su Claudia Alfieri Robert Roux. Tu sai quanto lo detesti, ma Roux ha potenti santi in paradiso. Io non sopporto i raccomandati, per me vale solo la meritocrazia in ogni lavoro e specialmente se si opera nella Polizia».
«Devi fartene una ragione. Più avanti magari scoprirai che Roux ti è utile, in fin dei conti ha una lunga esperienza nella Omicidi…Piuttosto volevo dirti che, riflettendo, mi sono convinta che Sophie non ci abbia raccontato tutto quello che sa su Brigitte Corday. Per questo volevo convocarla per un nuovo interrogatorio. Questa volta, però, da farsi nel tuo Commissariato».
«Monique, forse hai ragione per quanto riguarda Roux. Per Sophie spero che la tua intuizione porti a nuove informazioni. Dille che sono stato io a chiamarti pregandoti di convocarla nel mio Commissariato per un supplemento di indagini. Vedi di farla venire da me non appena possibile. Ma ora

basta parlare di lavoro, pensiamo a noi».
Al ristorante Jacques e Monique consumarono la loro cena con buon appetito. Lei alle prese con un pollo al curry, lui intento nello spinare un'orata al forno con contorno di patate. Non scelsero una bottiglia di vino per accompagnare la loro cena, preferirono ordinare due bottiglie di birra Corona che fu loro servita con una fetta di lime. Trascorsero il resto della serata a casa di lui.

18

RAYNAUD SI SVEGLIÒ ALLE 6. Nonostante la notte insonne ma molto piacevole, si ritrovò inaspettatamente lucido. Fece una doccia per svegliarsi completamente, indossò il suo completo grigio-fumo-di-Londra, diede un bacio sulla fronte a Monique che dormiva profondamente, e lasciò l'appartamento per dirigersi al Commissariato. Alle 8 Parigi era un brulicare di persone che andavano al lavoro e camminavano sui marciapiedi. Il Boulevard Haussmann era intasato da una lunga teoria di auto e autobus in coda in entrambe le direzioni. Nemmeno fosse la vigilia di Natale, pensò. Era una bella giornata, il sole splendeva dietro i palazzi, le ombre si allungavano davanti agli edifici più alti e l'aria era inaspettatamente tersa, quasi che lo smog fosse andato in letargo. Ciò lo spinse ad andare a piedi al Commissariato, sicuramente avrebbe fatto prima che se avesse preso un taxi o un mezzo pubblico. Dopo venti minuti di cammino di buon passo, raggiunse Place Saint-Honoré, la sua meta.

Un paio d'ore più tardi Raynaud ricevette una telefonata dal Commissariato del 6° Arrondissement di Rue Bonaparte.
«Ispettore, si è presentato da noi un giovanotto che dice di avere informazioni preziose sulla ragazza della fotografia, reclama la ricompensa di 100.000 euro promessa. Ora è qui nei nostri uffici, vuole che lo faccia accompagnare nel suo Commissariato?».
«Portatelo qui. Voglio proprio sentire la storia che ha da raccontarci».

Ma il sedicente testimone né gli altri due che lo avevano seguito poco dopo, inviati direttamente dalle emittenti televisive, si rivelarono attendibili. I 100.000 euro di ricompensa, pensò Raynaud, stavano causando una proliferazione di falsi testimoni che pur di accaparrarsi la somma in palio erano disposti a inventarsi storie inverosimili. L'ispettore prevedeva che ne sarebbero arrivati altri, tutti

egualmente inattendibili. Tuttavia avrebbe dovuto
ascoltarli nella speranza di trovare, prima o poi,
chi effettivamente avesse notizie utili per arrivare
a trovare Claudia Alfieri.

19

MANCAVANO POCHI MINUTI ALLA MEZ-ZANOTTE, l'oscurità aveva avvolto la stretta Rue de Birague che partiva dal lato est della storica Place de Vosges. Un uomo si diresse verso i telefoni pubblici che si trovavano all'angolo della strada prima che incrociasse Rue Saint Antoine.

«Capo», disse dopo aver composto un numero. «Ti aggiorno sulla situazione. L'ispettore capo Raynaud ha scoperto che la ragazza di Place Vendôme non è Claudia Alfieri ma Brigitte Corday, un'altra modella. Ora ha aperto le indagini per trovare la Alfieri fors'anche supportato dalle informazioni ricavate dai testimoni che hanno risposto all'annuncio per accaparrarsi la ricompensa».
La voce dall'altro capo del filo era secca e determinata, anche se alterata da un distorsore.
«Ho visto anch'io in televisione la foto della ra-

gazza e ho appreso che è stata promessa una grossa ricompensa. Bene, ora tu devi fare in modo di depistare l'ispettore Raynaud. Procurati un falso testimone che dia alla Polizia informazioni false ma credibili. E fallo subito!».
«Ti aggiornerò molto presto».
L'uomo appese il ricevitore e si allontanò scomparendo nella notte.

* * * * *

La mattina dopo Raynaud chiamò sul cellulare il suo informatore Gilbert Moreau.
«Moreau, ci sono degli sviluppi sulla vicenda della ragazza di Place Vendôme. Devo aggiornarti, è necessario incontrarci al più presto», gli disse.
«Ti va bene stasera alle 20 al *Cheval Noir*?».
Era già stato altre due volte al *Cheval Noir* ma mai come quella sera il bar gli era sembrato un ricettacolo di ex galeotti. La maggior parte degli avventori erano ubriachi fradici, chiassosi, pronti a litigare e a prendersi a pugni.
Scansò due di loro che si stavano spintonando in mezzo al locale e raggiunse Moreau che era seduto in fondo al bar dietro uno sgangherato tavolino.
«Ispettore, si accomodi. Cosa posso offrirle da bere?».

Moreau cercò di nascondere l'ansia che l'aveva preso da quando Raynaud gli aveva detto che c'erano novità sul caso Claudia Alfieri.

L'ispettore come fu seduto di fronte a Moreau disse:

«Ho una notizia sensazionale da darti: la ragazza di Place Vendôme non è Claudia Alfieri. La fotografia della donna con gli occhi incollati sulle palpebre non ritrae lei ma un'altra modella che si chiama Brigitte Corday».

«Come dire, ispettore, che il pusher che aveva riconosciuto Claudia Alfieri nella foto che gli avevo mostrato ha identificato la ragazza sbagliata? Come è possibile?».

«Ma li segui i telegiornali?».

«Mai. Odio la televisione. Da quando hanno trasmesso il filmato del mio primo arresto, in casa mia non è più entrato un televisore. Perché, ispettore, mi fa questa domanda?».

«Perché tutte le televisioni di Francia nei giorni scorsi hanno mandato in onda la fotografia della vera Claudia Alfieri e hanno annunciato che chi avrebbe fornito informazioni utili per il suo ritrovamento avrebbe intascato la ricompensa di 100.000 euro».

Moreau impallidì. Rimase in silenzio per qualche

secondo, poi disse:

«Cazzo, cosa mi sono perso! La vittima del killer di Place Vendôme non si chiamava Claudia Alfieri? Io non ci capisco più niente!».

«Ti spiego come stanno le cose: Brigitte Corday circa un anno fa si è fatta assumere nell'agenzia di modelle spacciandosi per lei e dicendo di chiamarsi Claudia Alfieri».

«Immagino che ora tu voglia che io rintracci la vera Claudia Alfieri. Se ci riesco avrò diritto alla ricompensa di 100.000 euro?».

«Suo padre mi ha incaricato di gestire la ricompensa che lui stesso ha finanziato, e io non avrò alcun problema a riconoscerti il diritto a incassarla. Prendi questo ritratto della vera Claudia Alfieri e comincia subito a fare ricerche», disse allungandogli la fotografia della ragazza. «Ma per intascare la ricompensa io voglio che tu scopra cosa fa, dove abita, con chi eventualmente convive. Devi darmi tutte le informazioni utili per ritrovarla».

«Se riuscirò a scoprire dove si trova la ragazza con i 100.000 euro della ricompensa cambierò vita!».

«In bocca al lupo, Gilbert».

«Viva il lupo», rispose Moreau.

20

ERANO CIRCA LE 11 QUANDO SOPHIE Leroy arrivò in Place Saint Honoré e varcò il portone del Commissariato del Primo Arrondissement. Alta quasi un metro e ottanta anche grazie ai tacchi 11 che portava, i lunghi capelli corvini sciolti sulle spalle e il viso illuminato dai grandi occhi azzurri, fece girare la testa a tutti i poliziotti del distretto che incrociava.

«Vorrei parlare con l'ispettore capo Jacques Raynaud», disse al poliziotto di guardia all'ingresso.

«Ha un appuntamento?».

«A dir la verità non ho un appuntamento, comunque l'ispettore mi sta aspettando».

«Vedrò di avvisarlo. Il suo nome, per cortesia…».

«Sophie Leroy».

L'agente tornò da lei dopo pochi minuti.

«L'ispettore capo la riceverà tra un quarto d'ora. Al momento è impegnato in una videoconferenza con il capo della Polizia».

Quando fu libero, lo stesso Raynaud andò incontro a Sophie.

«Signorina, mi segua nel mio ufficio, lì potremo parlare senza che nessuno ci   disturbi».

Sophie si accomodò sulla sedia di fronte alla scrivania dell'ispettore.

«La direttrice della mia nuova agenzia mi ha detto che lei voleva vedermi. Qual è la ragione della mia convocazione?».

«Non si preoccupi, non l'ho chiamata per arrestarla!», scherzò Raynaud vedendo il volto teso della ragazza. «L'ho fatta venire qui per un supplemento di informazioni. Sarò franco, Sophie, ma credo che lei non mi abbia detto tutto quello che sa su Brigitte Corday».

Sophie tirò un lungo respiro, poi con voce rotta dall'emozione, disse:

«Ha ragione, ispettore. L'altro giorno ero così scossa per la notizia della morte di Brigitte che, confusa com'ero, ho dimenticato di dirle una cosa».

«Che cosa? Sophie, ora può rimediare…».

«Mi ero dimenticata di riferirle che avevo incontrato Brigitte due o tre giorni prima che fosse licenziata dalla *Fashion Team*. Tra le lacrime mi aveva confidato che voleva andare a Saint Denis per incontrare il capo degli spacciatori di droga. Brigitte sperava di convincerlo a dilazionare la grossa somma di denaro che gli doveva. Forse non accettò e ora Brigitte è stata punita nel modo atroce che conosciamo».

Raynaud incalzò.

«Le ha anche detto come si chiama il capo degli spacciatori e la via dove doveva incontrarlo?».

«Sfortunatamente no. Brigitte era così disperata che dopo avermi detto che doveva andare a Saint Denis scappò via. Da allora sono passati quasi due anni, da quel giorno non l'ho più vista».

«E' tutto?».

«Sì, ispettore. Mi scuso ancora per questa mia dimenticanza».

«Grazie lo stesso, Sophie. Può tornare al suo lavoro», disse Raynaud accompagnandola alla porta.

L'ispettore non poteva immaginare che quella sarebbe stata una giornata piena di rivelazioni. Nel primo pomeriggio ricevette una telefonata dal Commissariato dell'8° arrondissement di Avenue du Général Eisenhower.

«Ispettore Raynaud, sono l'agente Berrouce dell'Ottavo. Si è presentato da noi un uomo che dice di avere informazioni importanti, essenziali per il ritrovamento della signorina Alfieri. Se è d'accordo siamo pronti a inviarglielo per un interrogatorio».

«Perfetto, agente. Quando potrà essere qui al Primo?».

«Tra poco più di mezz'ora, credo, ispettore. Saremo noi ad accompagnarlo fino al suo ufficio».

«Vi aspetto».

Il testimone arrivò circa 40 minuti dopo, scortato da due agenti dell'Ottavo. Il sergente di guardia si fece dare le sue generalità. Scrisse sul modulo che dovevano compilare tutti i visitatori del Commissariato:

Antoine Perrault
Nato a Parigi
Anni 38
Domicilio: non disponibile.
Professione: disoccupato.

Completata questa formalità, il sergente disse:
«Mi segua, signor Perrault. Andiamo nella stanza

degli interrogatori».

Antoine Perrault sembrava non chiedesse altro. Non vedeva l'ora di riversare le sue informazioni e di candidarsi all'assegnamento della ricompensa di 100.000 euro, una somma che faceva gola a chiunque.

La stanza degli interrogatori del Commissariato era un locale di circa 13 metri quadrati, con le pareti tinteggiate di bianco, del tutto asettico. Al centro si trovava un tavolo rettangolare con due sedie, una per ciascuno dei suoi lati. Sulla parete di fronte al tavolo, un grande specchio bidirezionale consentiva di assistere all'interrogatorio dalla camera adiacente. Qui il vice-ispettore Robert Roux avrebbe seguito senza essere visto l'intero svolgersi del colloquio.

Mentre aspettava l'arrivo dell'ispettore, Perrault camminò su e giù lungo i lati della piccola stanza. Era un modo come un altro per cercare di calmare il nervosismo che aveva addosso da quando era entrato nel Commissariato.

«Si sieda pure, signor Perrault», disse Raynaud entrando nella stanza.

«Nelle sue note ho letto che lei è di Parigi, ha 38 anni, ed è disoccupato…allora, lei sarebbe in grado di fornire informazioni importanti su Claudia Alfieri?», disse l'ispettore venendo subito al dunque.

«Sì, ispettore. Quando ho visto in televisione la fotografia di Claudia Alfieri e ho appreso che c'era una ricompensa di 100.000 euro, ho pensato che le informazioni di cui ero in possesso mi avrebbero fatto guadagnare questo mucchio di soldi. Così mi sono presentato al Commissariato più vicino».

«Signor Perrault, se grazie a lei troveremo la signorina Alfieri, le assicuro che intascherà i 100.000 di euro. Ora, mi dica, dove si trova Claudia?».

Perrault rimase per qualche secondo in silenzio, poi disse:

«Ispettore, lei deve sapere che, sino a tre mesi fa, ho vissuto a Marsiglia dove ho prestato servizio come aiuto-chef nel restaurant *Le relais 50*, uno dei più eleganti del Vecchio Porto. Qui per la prima volta, qualche settimana fa, ho visto, seduta a tavola in compagnia di un uomo, la signorina Alfieri».

«L'ha poi rivisita?».

«Sì, diverse volte nelle settimane successive. Perché lei abitava nella stessa via dove io vivevo. L'ho vista baciarsi con il suo fidanzato fuori del portone del loro palazzo».

«Qual è l'indirizzo?», incalzò Raynaud.

«Ispettore, ricordi che questo indirizzo vale 100.000 euro!», ghignò Perrault. Poi disse: «Bene, se andate a Rue Paradis, 115 Marsiglia lì troverete Claudia Alfieri!».

Raynaud lo guardò fisso negli occhi: «E' tutto?».

«Sì, ispettore vi ho detto tutto quello che so».

«Signor Perrault, ora ci deve firmare il verbale della sua testimonianza. Le ricordo che se non ci ha detto la verità e se le sue informazioni risulteranno false lei sarà incriminato per falsa testimonianza e sarà perseguito per aver ostacolato le indagini della Polizia di Parigi».

«Vi ho detto tutta la verità», ribatté Perrault. «E quando avrete trovato Claudia Alfieri nella casa di Marsiglia mi aspetto che mi diate la ricompensa».

«Sicuramente. Ora può andare, signor Perrault. Prima di uscire lasci all'agente di guardia il suo recapito qui a Parigi e il numero del suo cellulare».

Raynaud si alzò e si diresse nella stanza adiacente mentre il testimone si stava allontanando per raggiungere l'uscita del Commissariato.

«Roux, hai ascoltato la testimonianza? Credi che ci abbia detto la verità o che sia un mitomane che vuole arricchirsi?», gli chiese Raynaud.

«Ispettore, io credo che Perrault sia sincero. La storia che ci ha raccontato è verosimile, è troppo circostanziata per essere un'invenzione».

«Sai, per natura io sono diffidente. Ma in questo caso penso che dobbiamo, comunque, verificare. Roux preparati, domani tu ed io voleremo a Marsiglia dove andremo al numero 115 di Rue Paradis».

Raynaud chiamò l'agente addetto al centralino chiedendogli di prenotare per lui e Roux il primo volo della mattina seguente per Marsiglia.

«Ora dovrebbe mettermi in contatto con la Stazione di Polizia di Marsiglia Bouches du Rhone. Dica che sta chiamando da parte dell'ispettore capo Raynaud e si faccia passare il responsabile della Stazione. Telefoni subito, è urgente».

«Ispettore capo Raynaud, a cosa devo l'interesse del Primo Commissariato di Parigi per la Polizia di Marsiglia? Sono Jean Fremont, il responsabile della Stazione Bouches du Rhone, sono a sua completa disposizione…».

Raynaud gli spiegò che avevano avuto una soffiata nella quale si indicava una via di Marsiglia dove avrebbero potuto trovare Claudia Alfieri, la ragazza scomparsa di cui avevano dato notizia le maggiori televisioni francesi.

«Fremont, vorrei che mi mettesse a disposizione una squadra di quattro agenti che si unisca a noi nel sopralluogo in Rue Paradis 115 dove, secondo il nostro informatore, vive la ragazza con il suo fidanzato. Vorrei circondare la casa per evitare sorprese. Io e il vice-ispettore Roux saremo a Marsiglia domattina alle 8,30 con un volo Air France».

«Manderò un'auto a prelevarvi all'aeroporto. Vi accompagnerà qui alla Stazione di Polizia e poi andremo insieme in Rue Paradis. Fate buon viaggio».

«Grazie, Fremont. A domani».

21

L'UOMO INDOSSAVA UN TRENCH SCURO. Aveva alzato il bavero e il capo era coperto da un cappello a falde larghe. Uscì dal portone di un palazzo adiacente agli antichi edifici di Place de Vosges. Raggiunse Rue de Birague e cominciò a percorrerla a passo lento. Erano le 23.50, avrebbe dovuto attendere sino allo scoccare della mezzanotte per fare la chiamata dal telefono pubblico che si trovava in fondo alla via.

A mezzanotte in punto, digitò il numero.

«Capo, ti chiamo per riferirti. Ho assoldato un certo Antoine Perrault, un attore disoccupato per interpretare la parte del testimone dalle informazioni preziose. Gli ho scritto un copione dettagliato in modo che non facesse errori. Lui l'ha imparato a memoria e si è fatto ricevere dall'ispettore capo

Raynaud. Il compito di Perrault era convincere che Claudia Alfieri vive a Marsiglia. E c'è riuscito».
La solita voce irriconoscibile rispose: «Perfetto».
Poi aggiunse: «Ora devi sapere che ho intenzione di affidarti presto un nuovo importante compito. Ti dirò di più la prossima volta che ci sentiremo».
«Come vuoi tu. Ti richiamerò tra un paio di giorni».

22

FREMONT ERA STATO DI PAROLA. I due agenti che li attendevano agli arrivi dell'aeroporto di Marsiglia li portarono con un'auto di servizio alla Stazione di Polizia. Bouches du Rhone aveva come sede una palazzina di fine '800 completamente restaurata all'interno. Al secondo dei tre piani si trovava l'ufficio di Jean Fremont.
Raynaud e Roux furono piacevolmente impressionati dalla disponibilità di Fremont e dalla sua cordialità. Nell'accoglierli disse:
«Non capita tutti i giorni lavorare con due Ispettori della Polizia di Parigi. Vedrò di soddisfare tutte le vostre esigenze».
Fremont chiese a Raynaud cosa aveva di speciale la signorina Claudia Alfieri per motivare il loro trasferimento a Marsiglia.

125

Raynaud gli raccontò del truce assassinio della ragazza in Place Vendôme e della scoperta che il cadavere non apparteneva a Claudia Alfieri, come si riteneva, ma a Brigitte Corday, la modella che aveva preso il suo posto e assunto il suo nome.

«Dunque», precisò Raynaud, «la vera Claudia Alfieri è ancora viva e, a detta di un testimone che abbiamo interrogato, vive in un palazzo al numero 115 di Rue Paradis».

«Bene, andiamo a prenderla. Ci muoveremo con due auto. Nella prima vettura saliremo noi tre. Nella seconda i quattro agenti che ci saranno di supporto», disse Fermont.

Mezz'ora dopo le due auto si fermarono in Place du Général de Gaulle, da qui partiva la Rue Paradis.

Bastò un'occhiata a Raynaud per capire perché la via fosse percorribile solo a piedi. In entrambi i lati della strada si affacciavano negozi di tutti i generi. Dalle grandi griffe come Louis Vuitton, Lacoste, Emporio Armani, Kenzo, Valentino a più modesti esercizi. Rue Paradis era dunque la via dello shopping marsigliese. Oltre ai negozi, qua e là ristoranti di tutti i generi. I bar erano affollati all'inverosimile.

I sette poliziotti si incamminarono lungo la via per

portarsi all'altezza dell'anagrafico indicato da Raynaud. Quando giunsero al numero 115 si trovarono di fronte un elegante edificio di 6 piani, una costruzione che doveva essere stata edificata negli anni 70. I quattro agenti andarono sul retro del palazzo, Raynaud, Roux e Fremont si diressero verso l'ingresso. Qui trovarono un custode.

«Siamo della Polizia», disse Raynaud mostrando il tesserino di ispettore capo. Poi estrasse da una tasca la fotografia di Claudia Alfieri e aggiunse: «Stiamo cercando questa ragazza. Ci hanno detto che vive qui, al 115 di Rue Paradis».

Il custode osservò attentamente la fotografia prima di dire: «Una ragazza così bella non potrei certo dimenticarmela! La verità è che non l'ho mai vista e certamente non abita qui».

«E' sicuro?».

«Sì, ispettore. Mi spiace, ma questa ragazza non è mai stata qui».

Raynaud era fuori di sé. Anche se in realtà non aveva mai creduto interamente alla testimonianza di Perrault, tuttavia fino a quel momento aveva sperato di sbagliarsi, che Marsiglia fosse veramente la città dove Claudia Alfieri viveva. Se l'avesse trovata avrebbe potuto finalmente scoprire cosa c'era dietro la sua scomparsa e quale fosse il legame tra lei e Brigitte Corday. Invece l'ispettore dovette arrendersi all'evidenza. Salutò Fremont e lo ringraziò per la collaborazione e gli disse amaramente:

«Purtroppo la strada che dovremo percorrere per ritrovare la signorina Alfieri sembra ancora molto lunga. Scartata la pista che ci ha portati qui a Marsiglia, non ci rimane che cercarla nuovamente a Parigi. Il mio istinto mi dice che Claudia non si sia mai mossa dalla nostra città».

23

IL GIORNO DOPO RAYNAUD INCARICÒ ROUX di rintracciare Antoine Perrault. L'ispettore si domandò: che senso aveva avuto prestare una falsa testimonianza poi subito smentita? Se Perrault mirava alla riscossione della ricompensa come poteva pensare di intascarla raccontando solo menzogne? Oppure quella del sedicente testimone era stata una messinscena organizzata per depistare le sue indagini? Ragionando su quanto era accaduto, sempre più l'ispettore si convinse che quest'ultima ipotesi era la più fondata. Si chiese anche: chi aveva interesse a fuorviare le indagini su Claudia Alfieri? Chi c'era dietro quella falsa testimonianza?

Robert Roux tornò da Raynaud quattro ore dopo.

«Mi spiace, ispettore, ma Perrault è sparito. Sono

andato all'indirizzo che ci aveva fornito come suo domicilio provvisorio e ho trovato la padrona di casa. Perrault aveva affittato una stanza da lei. La signora mi ha detto che ieri questo gentiluomo ha preso le sue poche cose e se n'è andato in fretta e furia senza dirle dove era diretto».

«Non mi sorprende, Roux. Ora è chiaro che Perrault è stato pagato da qualcuno per depistarci con la falsa indicazione di Marsiglia. Ciò mi spinge a pensare che Claudia Alfieri sia nelle mani di un delinquente che cerca di sviare le nostre indagini. Ma se così fosse, se Claudia è stata rapita, perché in tutto questo tempo, un anno circa, non è mai stato chiesto un riscatto?».

«E' difficile dire cosa le è successo. Ma credo che tu abbia ragione, capo. Anch'io credo che la signorina Alfieri sia stata rapita. In quale direzione pensi ora di proseguire le indagini?».

«Arrivati a questo punto», sospirò Raynaud, «la pista migliore da seguire ci porta a Saint Denis. Sophie Leroy, la modella collega di Brigitte Corday assassinata in Place Vendôme, in un secondo interrogatorio ha testimoniato che la Corday le aveva confessato due giorni prima di morire che doveva andare a Saint Denis a incontrare il capo degli spacciatori di droga. Voleva supplicarlo di dilazionare il suo grosso debito. Evidentemente non è riuscita nel suo intento ed è stata punita con una morte orribile. Ora tu devi investigare a Saint Denis e scoprire dove vive il capo degli spacciatori. Sono convinto che, trovato questo boss della droga, arriveremo a rintracciare anche Claudia».

«Okay, capo. Mi metto subito al lavoro. A Saint Denis ho un paio di informatori che mi potranno essere utili. Appena ho qualche notizia ti avviserò».

24

A MEZZANOTTE IN PUNTO L'UOMO chiamò il solito numero.

«Eccomi a te, capo…», disse con la solita deferenza. «Ti aggiorno sull'esito della testimonianza del nostro attore. Raynaud è andato a Marsiglia per verificare se all'indirizzo indicatogli viveva Claudia Alfieri. Un buco nell'acqua…».

Il capo replicò con un tono glaciale che si percepiva nonostante la voce artefatta:

«Il depistaggio di Marsiglia non mi interessa più. Ascoltami bene: dovrai uccidere ancora. Per evitare che l'assassinio della ragazza di Place Vendôme prima o poi sia ricollegato a me è necessario far credere all'ispettore che quello è stato soltanto il primo di una serie di omicidi opera di un serial killer e non l'assassinio di un'unica vittima designata. Preparati a organizzare un secondo omicidio. Con lo stesso *modus operandi* replicherai l'assassinio di Place Vendôme. Disporrai la vittima completamente nuda con braccia e gambe divaricate in modo di formare una X, con un coltello inciderai una grande X sulla schiena. Incollerai le palpebre sui bulbi oculari e, infine, stuprerai la ragazza prima di finirla con un'iniezione letale».

«Capo, come sceglierò la vittima e dove depositerò il suo corpo?».

«Ho pensato che per dare più credibilità alla figura del serial killer, questa volta la vittima non deve appartenere al mondo della moda. Dovrai uccidere una ragazza qualsiasi, la commessa di un negozio o la cameriera di un ristorante o di un albergo, per esempio. Scegli tu la vittima più adatta, rapiscila e poi procedi con la stessa messa in scena del primo omicidio. Depositerai il corpo ai piedi della Piramide del Museo del Louvre».

«Quale sarà il mio compenso? Questa volta potrei rischiare grosso, potrei essere scoperto…», disse l'uomo.

«Ho disposto per te un compenso di 200.000 euro, il doppio della cifra che ti ho pagato per il primo omicidio. Troverai i soldi sul tuo conto domani stesso. E ora non farti più sentire se non dopo che avrai ucciso la seconda ragazza».

25

IL GIORNO DOPO L'UOMO fece dei sopralluoghi per individuare qual era la vittima adatta. Pensò che la cameriera di un albergo che faceva il turno di sera e usciva a notte inoltrata potesse fare al caso suo. Si disse che rapirla mentre usciva da un hotel nel centro di Parigi sarebbe stato troppo rischioso, meglio puntare su un albergo fuori mano. Decise così di andare a Orly con il furgone che aveva noleggiato.

La sua attenzione si concentrò sull'Howard Hotel Paris Orly Airport. L'albergo si trovava su una via che portava alla Stazione dei bus per Parigi. Con ogni probabilità la sua vittima una volta lasciato il posto di lavoro si sarebbe diretta a piedi verso la Stazione per prendere il bus che l'avrebbe portata a casa. Una situazione ideale per catturare la ragazza e caricarla sul furgone.

Erano le 10 di sera quando l'uomo posteggiò il suo veicolo a poca distanza dall'ingresso del personale dell'Howard Hotel. Pazientemente osservò tutte le persone che ne uscivano, erano tutti camerieri, nessuna donna. Finalmente intorno alla mezzanotte apparve una ragazza. Altezza media, bionda, età apparente 24-25 anni, la giovane cameriera si incamminò per raggiungere la Stazione dei bus percorrendo il marciapiede. Proprio come aveva previsto. Era la sua vittima ideale. Mise in moto e tornò a Parigi. Decise che l'avrebbe rapita la notte dopo.

L'ISPETTORE RAYNAUD AVEVA INIZIATO la giornata con la spiacevole sensazione che le indagini su Claudia Alfieri e l'assassinio di Place Vendôme fossero giunte a un punto morto. Aveva interrogato tre nuovi testimoni che, spinti dalla grossa ricompensa, si erano presentati al Commissariato sbandierando grandi rivelazioni. Uno di loro disse d'aver visto Claudia sulla scalinata di Montmartre, il secondo giurò d'averla incontrata alle Galerie Lafayette mentre provava un abito. Il terzo d'averla incrociata mentre stava passeggiando in Rue du Faubourg Saint Honoré.

I 100.000 euro di ricompensa, rifletté Raynaud, generano solo testimonianze fasulle. Sono un buco nell'acqua, il dottor Alfieri purtroppo dovrà convenire che anche con una ricompensa di 500.00

euro il risultato non sarebbe cambiato.

Alle 16 l'ispettore compose il numero dell'interno di Robert Roux anche se non era sicuro di trovarlo in ufficio.

«Roux, chi parla?», disse il vice-ispettore sollevando la cornetta.

«Sono Raynaud. Pensavo di non trovarti, credevo che tu fossi ancora a Saint Denis…».

«Sono appena rientrato, capo. Vuoi che venga da te a riferirti?».

«Ti aspetto».

Quando fu davanti all'ispettore capo Roux fece una premessa prima di parlare delle sue indagini.

«Come sai, capo, Saint Denis, è un luogo simbolo della difficile banlieue parigina. Qui il tasso di criminalità è il più alto della Francia e ormai abitare nel 93esimo è una sorta di marchio sociale».

«Ti ringrazio per questa tua accurata analisi di Saint Denis», disse con ironia Raynaud. Poi aggiunse con tono aspro: «Preferirei che ora venissi al dunque. Hai scoperto qualcosa con le tue indagini?».

«Per il momento non ho alcun risultato concreto», rispose Roux. «Ma non dispero di portarti presto dei buoni risultati. Ho fatto vedere la foto di Claudia Alfieri agli spacciatori che ho incontrato a Saint Denis. Tutti mi hanno detto di non averla mai vista nel quartiere. Ho cercato di individuare chi fosse il boss della droga che Brigitte Corday doveva incontrare ma è stato un flop. D'altra parte anche i miei due informatori più capaci mi hanno detto di non conoscere alcun boss che vive a Saint Denis. Ma io non gli ho creduto e ho ordinato loro di continuare a cercare. Vero è che un ricco boss non sceglierebbe mai di abitare nel 93esimo ma preferirebbe vivere in un palazzo elegante magari nel centro di Parigi…».

«In altre parole le tue indagini non hanno sortito alcun risultato», obiettò Raynaud.

«Non ho ancora gettato la spugna…Voglio dire, capo, che mi aspetto presto informazioni utili dai miei informatori».

Rimasto solo Raynaud provò a fare un bilancio della situazione. Roux, pensò, non gli avrebbe mai portato alcuna informazione utile. Aveva sempre provato un'innata antipatia per il vice-ispettore, un'avversione che ora si era tramutata nella consapevolezza che Roux come poliziotto era del tutto inaffidabile. Considerando il quasi totale fallimento delle indagini su Claudia Alfieri e il Soggetto Ignoto che aveva assassinato Brigitte Corday, ora poteva soltanto confidare sul lavoro di Gilbert Moreau. L'informatore per intascare i 100.000 euro della ricompensa avrebbe fatto carte false per portargli le informazioni che gli aveva chiesto. Ora voleva chiedergli di cercare nuove piste a Saint Denis. Lo chiamò sul cellulare e gli disse che l'avrebbe incontrato nel solito bar quella sera stessa, alle 21.

Moreau non si stupì più di tanto per la nuova richiesta dell'ispettore. Per cercare Claudia Alfieri era più volte andato a Saint Denis.

«Ma scoprire chi è e dove vive il boss a Saint Denis non è cosa facile, ispettore! Per quanto ne so un pezzo da novanta della mala ha molte protezioni, intorno a sé ha costruito un muro di omertà che protegge la sua identità. In ogni caso, farò del mio meglio per scovarlo e darti tutte le informazioni che riuscirò a ricavare», disse Moreau. E aggiunse ridendo sotto i baffi: «In altre parole, ispettore, questi benedetti 100.000 euro me li fai proprio sudare!».

«Non lamentarti, Moreau. Pensa quanto sei stato fortunato ad essere stato scelto da me per questo incarico...», rispose sorridendogli Raynaud mentre si alzava per andarsene.

QUELLA NOTTE NON ERANO MOLTI I VOLI che operavano all'aeroporto di Orly, le compagnie aeree, a quell'ora, avevano ridotto la frequenza delle partenze e degli arrivi. L'uomo parcheggiò il furgone a una ventina di metri di distanza dall'Howard Hotel alle 22, in netto anticipo rispetto all'orario in cui la sua vittima avrebbe lasciato il lavoro. Voleva studiare bene il posto dove si sarebbe nascosto per assalire la ragazza. Trovò poco lontano dal suo furgone un angolo della via avvolto nell'oscurità.

Mancava un quarto d'ora alla mezzanotte, l'uomo si appostò lì, pronto ad aggredire la giovane cameriera. Poco dopo le 24 la ragazza uscì dalla porta dell'albergo per dirigersi verso la Stazione dei bus. Camminava con passo sostenuto, quasi volesse evitare qualche brutto incontro in quel tragitto. Quando lei gli sfilò davanti l'uomo con un balzo l'aggredì da dietro premendole contro il naso e la bocca un tampone intriso di cloroformio. La donna cercò di sfuggire alla stretta ma dopo qualche istante perse i sensi. L'uomo se la caricò sulle spalle e approfittando del fatto che nessuno in quel momento stava passando nella via la trasportò sino al furgone. Aprì lo sportello laterale e la caricò sul veicolo.

Mentre da Orly stava imboccando l'autostrada A6 che conduceva a Parigi, l'uomo gongolò, soddisfatto. La sua meta era Rue Jacob, nel quartiere di Saint Germain de Prés. Qui da qualche tempo aveva affittato, al piano terreno di un moderno palazzo, un doppio box per auto che aveva trasformato in una specie di stanza per le torture. Al centro del locale aveva collocato un lettino di metallo, simile a quelli in uso negli ospedali. A fianco un mobiletto sopra il quale erano disposti gli strumenti che avrebbe usato: una serie di bisturi di varia misura, coltelli di ogni forma e dimensione, siringhe, bottigliette contenenti farmaci.

Non era ancora l'una quando il rapitore arrivò in Rue Jacob. Accostò il furgone con il lato del veicolo dov'era il portellone davanti all'ingresso del box. Aprì con il telecomando la saracinesca scorrevole, si guardò intorno e, accertatosi che non c'era anima viva nei paraggi, scaricò la ragazza.

La sua vittima era incosciente ma stimò che lo sarebbe stata ancora per pochi minuti. Si tolse quelli che aveva indossato per il rapimento e infilò le mani in un paio di guanti chirurgici. La spogliò, poi la distese completamente nuda sul lettino, legò le mani e le caviglie con le cinture di cui lo aveva dotato, e attese che riprendesse conoscenza. Quando lei spalancò gli occhi l'uomo le coprì la bocca con un nastro adesivo e le disse:

«Non agitarti, tesoro, adesso ti faccio un'iniezione che ti paralizzerà il corpo». Non le spiegò però che quella sostanza non l'avrebbe anestetizzata e che avrebbe avvertito ogni dolore.

Le iniettò la *Midarine* e ripeté pedissequamente il *modus operandi* che aveva messo in atto nell'assassinio della ragazza di Place Vendôme. Incollò le palpebre sui bulbi oculari usando un mastice a presa rapida. La girò sul lettino in posizione prona e cominciò a incidere la schiena con un grosso coltello. I profondi tagli andavano dalle scapole fino alla vita e formavano una X. Completata l'operazione, l'uomo la violentò ripetutamente.

La profanazione del corpo della vittima era completata. La ragazza, paralizzata dalla *Midarine*, aveva patito tutti i dolori causati dalle devastazioni del killer senza poter emettere un grido.

L'uomo le disse con tono irrisorio: «Mia cara, ora non devi più preoccuparti, vedrai che tra poco non soffrirai più».

Prese una siringa e le iniettò sul collo un'overdose di insulina. Pochi minuti dopo la cameriera morì, seguendo la stessa sorte della ragazza di Place Vendôme.

L'uomo girò sul lettino il corpo senza vita in modo da metterlo in posizione supina e si sedette a fianco della sua vittima per osservarne le fattezze.

Era una bella donna anche se, si disse, non poteva eguagliare la perfezione delle forme della ragazza di Place Vendôme. Il *rigor mortis* avrebbe presto divorato il suo colorito roseo.

Rimase a guardarla per quasi tre ore, soddisfatto del lavoro che aveva portato a termine. In qualche modo doveva far trascorrere il tempo nell'attesa di trasportare la sua vittima e depositarla nella destinazione finale.

Quando l'orologio segnò le 4 del mattino, cominciò a prepararsi per partire alla volta del Louvre. Da uno zaino estrasse una tuta nera, si tolse gli abiti che vestiva e la indossò. Arrivato a destinazione avrebbe coperto il capo con un mefisto nero. Stimò che se fosse riuscito ad arrivare al Museo del Louvre alle 4.30 la piazza sarebbe stata deserta e avrebbe potuto, indisturbato, depositare il corpo della sua vittima.

Uscì nella Rue Jacob e raggiunse il furgone che aveva posteggiato a pochi metri di distanza. Mise in moto e fece un giro dell'isolato per presentarsi di fronte all'ingresso del box con il lato del veicolo dov'era la porta scorrevole. Entrò, coperse con un lenzuolo il corpo della ragazza e lo spinse dentro il furgone.

Da Rue Jacob si diresse verso Rue Saint Peres, girò a destra percorrendola sino ad arrivare al Quai Voltaire, sulla sponda sinistra della Senna. Imboccò il Pont de Carrousel che lo portò quasi di fronte alla Porte des Lions, uno degli ingressi al palazzo del Louvre. Spense i fari e lentamente imboccò la stretta via che fronteggiava la Piramide di vetro e metallo. Accostò il furgone a un lato della strada e rimase per qualche istante a osservare la Piramide che, illuminata da mille luci, svettava nella piazza.

Prima di muoversi ispezionò ogni angolo del piazzale. Alle 4.30 del mattino nessuno avrebbe dovuto trovarsi lì. E, invece, con suo grande disappunto, vide che sul fianco destro del Palazzo del Louvre erano seduti un ragazzo e una ragazza che si scambiavano effusioni.

Temette che avrebbe dovuto rimandare il completamento del suo piano e, invece, la fortuna fu dalla sua parte: i due innamorati dopo dieci minuti si alzarono e percorsero la piazza per allontanarsi. Passarono a lato del suo furgone ma non ci fecero caso.

Quando vide che la coppietta era uscita attraversando il passage Richelieu e aveva raggiunto Rue de Rivoli, si infilò il mefisto, aprì il portellone, si caricò sulle spalle il corpo della la ragazza e raggiunse il punto prescelto. Dispose sul terreno il corpo nudo in posizione prona, allargò le braccia e divaricò le gambe fino a formare una X replicando quella che le aveva disegnato con il coltello sul dorso.

Terminata la manovra si dileguò, raggiunse Rue de Jacob e si nascose dentro il box. Pensò che era stato fortunato, aveva compiuto senza problemi anche il secondo omicidio e si era guadagnato i 200.000 euro pattuiti con il capo.

28

IL SERGENTE DURAND STAVA PER FINIRE il turno di notte al Primo. Si disse che era stato fortunato, non c'era stata nessuna urgenza e, se non fosse stato per due ubriachi che si erano pestati a sangue e che aveva dovuto rinchiudere in celle separate, tutto era andato liscio. Non poteva immaginare che da lì a poco avrebbe rivissuto lo stesso film di pochi giorni prima.

L'uomo si presentò al Primo alle 5,45 del mattino con il viso stravolto e le mani che tremavano per la tensione. Durand gli andò incontro nella hall del Commissariato mentre un agente gli stava prendendo le generalità.

«Sergente, quest'uomo si chiama Fernand Rivoux, ha 38 anni, e si comporta come se fosse stato morso da una tarantola. Veda di calmarlo lei, io non ho capito cosa vuole da noi…».

«Mi segua, signor Rivoux, mi racconti tutto quello che le è successo…».

Quando fu seduto di fronte a Durand, l'uomo con voce alterata dall'emozione disse: «Signore, lei non potrà credere a ciò che ho visto…Circa mezz'ora fa quando ho preso servizio, sono un operatore ecologico, e stavo raccogliendo le cartacce nella Piazza del Louvre, ho notato che di fronte all'ingresso della Piramide c'era qualcosa di sospetto. Ho lasciato il carrello con gli utensili per la pulizia e mi sono avvicinato. E' stato allora che ho assistito a uno spettacolo orribile!».

«Continui, signor Rivoux, la ascolto…», disse Durand non potendo immaginare che il seguito della storia l'avrebbe riportato all'assassinio di Place Vendôme.

«Ho visto una ragazza completamente nuda distesa a pancia in giù. Le braccia erano divaricate così come le gambe. Povera ragazza, così bella e così sfortunata…».

«Ha toccato il cadavere?».

«Le ho solo appoggiato una mano sul collo per vedere se era ancora in vita. Poi sono andato via e ho pensato che la cosa migliore fosse venire qui».

«Grazie, signor Rivoux. Lei si è comportato come

ogni cittadino dovrebbe fare. Firmi la sua deposizione dal collega».

Erano da poco passate le 6 quando il sergente Durand assieme a due agenti parcheggiò l'auto di servizio ai margini della strada. Come fu davanti alla Piramide non poté credere ai suoi occhi: aveva davanti a sé una giovane donna nuda distesa con braccia e gambe divaricate, la stessa posizione in cui aveva trovato la ragazza a Place Vendôme .
«Non è possibile!», gridò. «Un'altra vittima dello stesso killer!».
Durand non perse tempo, non doveva accertarsi della morte della ragazza, era evidente che la vittima era priva di vita, prese dalla tasca il cellulare e chiamò immediatamente l'ispettore sul suo mobile.
Alle 6.10 del mattino. Raynaud era sotto la doccia. Quella notte non era riuscito a chiudere occhio, le allucinazioni continuavamo a sconvolgere la sua mente. Due delle visioni avevano un volto: quello di Brigitte Corday, la vittima, e quello di Claudia Alfieri, misteriosamente scomparsa. Nella terza visione gli apparve il killer. Era una sagoma nera con il volto nascosto dietro un grande punto interrogativo.

Le visioni svanirono quando chiuse il deviatore della doccia e sentì il suono di chitarre che segnalava una chiamata sul suo portatile. Indossò l'accappatoio e accostò all'orecchio il suo smartphone dopo aver letto sul display il nome del chiamante. «Sergente Durand perché mi chiami a quest'ora? Cos'è successo?», disse con la voce impastata di chi non ha chiuso occhio.

«Ispettore capo non crederà a quello che sto per dirle! Mi trovo alla Piramide del Louvre dove ho trovato una ragazza morta. E' nuda, ha le braccia e le gambe divaricate a forma di X e sulla schiena ha due grosse ferite che disegnano un'altra X. E' spaventoso, sono davanti a una scena del crimine che è l'esatta fotocopia dell'omicidio della ragazza di Place Vendôme!».

«Durand non spostare il cadavere e non toccare nulla intorno alla vittima. Chiama subito la Scientifica e avvisa il dottor Laurent, è importante che lui veda il cadavere nella posizione in cui l'hai trovato. Mi vesto e mi muovo subito. Appena possibile sarò alla Piramide».

«Provvedo subito. L'aspetto qui al Museo del Louvre».

L'ispettore chiamò un radiotaxi, stimò che era il mezzo più veloce per raggiungere Durand. Il taxi fu molto veloce. In 10 minuti raggiunse il passage Richelieu e entrò nella piazza del Louvre.

Durand gli andò incontro. Il sergente era visibilmente scosso. Gli disse:

«Ispettore, ho convocato la Scientifica e ho chiamato il dottor Laurent. Ci raggiungeranno tra una trentina di minuti. Mi segua, l'accompagno dov'è la ragazza uccisa».

Jacques Raynaud credette di rivivere una delle sue allucinazioni. Ma non era immaginazione, era una sconcertante realtà quella che gli si presentò davanti. La ragazza nuda con braccia e gambe divaricate e la schiena devastata da profonde incisioni a X gli stava raccontando che, come la ragazza di Place Vendôme, anche lei era caduta nelle mani dello stesso spietato killer.

Commise una piccola trasgressione al protocollo che imponeva di non toccare il cadavere per non alterare la scena del crimine: si chinò e fece ruotare il volto di quel tanto che bastava per vedere gli occhi. Le palpebre erano state incollate con il mastice sui bulbi oculari, proprio come il killer aveva fatto con la ragazza di Place Vendôme.

29

ERANO CIRCA LE 7 QUANDO DUE AUTO arrivarono nella Piazza del Louvre. L'alba era già spuntata, le prime luci avevano illuminato il cadavere della ragazza mettendolo ancora più in evidenza. Da un'auto scesero tre uomini della Scientifica e dall'altra il dottor Adrien Laurent. Tutti indossavano la tuta bianca con cappuccio per non contaminare la scena del crimine.

«Ispettore capo Raynaud, non avrei mai pensato che ci saremmo rivisti così presto!», esclamò il dottor Laurent.

«Nemmeno io, dottore. Ma questa nuova ragazza uccisa riporta all'assassinio di Place Vendôme!».

«Se è opera dello stesso killer, con questo secondo omicidio è da considerarsi seriale», disse Laurent.

Aiutato dai suoi uomini rovesciò il corpo portandolo in posizione supina. Lo osservò dalla testa ai piedi, poi aggiunse:

«Ispettore, mi sembra d'essere di fronte a un *déjà vu*, a questa ragazza sono state inflitte le stesse ferite e ha subito le stesse violenze della vittima di Place Vendôme. A prima vista, posso dirle che è morta 5 o 6 ore fa. Potrò essere più preciso dopo l'autopsia».

«Dottor Laurent questa volta le chiedo di fare miracoli, vorrei che eseguisse l'autopsia nel più breve tempo possibile».

«Ispettore, comprendo il suo stato d'animo e vorrei tanto poter eseguire l'esame autoptico quanto prima. Ma ho dei tempi tecnici da rispettare. Abbiamo in corso due autopsie che non posso interrompere. Anche dando la priorità assoluta al nuovo caso temo che prima di 36 ore non riuscirò a esaminare il corpo», disse Laurent. Poi, dopo aver ordinato agli uomini della Scientifica di chiamare il furgone del Coroner per trasportare il cadavere nel suo reparto all'Ospedale Saint Louis, allontanandosi aggiunse: «Speriamo almeno che questa volta il killer abbia lasciato traccia di sé!».

L'ispettore gli sorrise: «Incrociamo le dita, dottore».

Giunto in ufficio, Raynaud chiamò Monique all'agenzia. Era presto, erano le 8 appena passate ma la trovò nel suo ufficio.

«Vedo che sei mattiniera», le disse.

«Già. Oggi abbiamo una sfilata, devo preparare la scaletta per la passerella delle mie modelle. Piuttosto, come mai mi chiami così presto, è successo qualcosa?».

«Monique, devo darti una notizia terribile, è qualcosa che sicuramente non puoi immaginare...».

Raynaud cominciò a raccontarle del rinvenimento presso la Piramide del Louvre di una seconda ragazza che era stata assassinata con le stesse modalità del primo omicidio di Place Vendôme.

«E' incredibile, Jacques...allora è un serial killer! Non dirmi ora che anche questa ragazza è una modella...sarebbe troppo!», replicò Monique.

«Al momento non conosciamo né il suo nome né la sua professione ma sicuramente non è un'indossatrice. Osservando il suo corpo ho notato che la ragazza non supera il metro e sessantacinque, un'altezza non certo adatta a fare la modella...».

«Meglio così, Jacques, non dovrò tornare a indagare nel mondo della moda. Quali sono adesso le tue mosse? Posso esserti d'aiuto?».

«Sì. Abbiamo seguito le tracce di Claudia Alfieri

cercandola a Marsiglia sulla scorta delle indicazioni di un falso testimone che ci ha deliberatamente depistato. La mia ipotesi è che la Alfieri non si sia mai mossa da Parigi e che sia coinvolta, consenziente o meno, in un traffico di droga. Sophie Leroy, come tu sai, è venuta a testimoniare per la seconda volta. Mi ha raccontato che Brigitte Corday, un paio di giorni prima d'essere uccisa, le aveva confessato che doveva andare a Saint Denis per incontrare il capo degli spacciatori al quale voleva chiedere una rateizzazione del suo debito. E' questo il punto. Ho motivo di credere che la chiave per scoprire chi sia l'autore del primo e di questo secondo omicidio, si trovi proprio a Saint Denis. Immagino che tu come Squadra Narcotici conosca bene questo quartiere. Ti chiedo pertanto di fare delle indagini per scoprire chi è il capo degli spacciatori che è stato in contatto con Brigitte Corday».

Monique rimase in silenzio per qualche istante, poi disse.

«Non è facile indagare in un luogo malfamato come Saint Denis, ma ti prometto che lo farò mettendo in campo tutti i miei informatori».

«Quando avrai i risultati dell'autopsia?», gli chiese sapendo quanto l'esame autoptico fosse importante.

«Spero arrivino quanto prima. Ho chiesto al dottor Laurent la precedenza assoluta», disse Raynaud.

«Ceniamo insieme stasera?».

«Perché no? Ho davvero bisogno di distrarmi un po'. Questo nuovo omicidio rimescola un po' tutte le carte…Ti vengo a prendere in agenzia alle 19.30?».

«Per me va bene. Per quell'ora la sfilata sarà finita».

30

ALLE DIECI L'ISPETTORE DECISE DI USCIRE dal Commissariato. Pensò che quattro passi all'aria aperta, era una mattina in cui il sole riscaldava l'atmosfera come se fosse estate, gli avrebbe fatto bene.

Le allucinazioni che lo tormentavano si erano moltiplicate, temeva che presto si sarebbe aggiunta anche la visione della misteriosa ragazza del Louvre.

Stilò mentalmente le priorità nelle sue indagini.

Scoprire al più presto l'identità della seconda vittima. Sapere chi fosse, quale lavoro facesse era fondamentale per capire cosa aveva spinto il serial killer a ucciderla.

Una volta identificata la ragazza del Louvre, avrebbe dovuto appurare quale relazione ci fosse o no con la vittima di Place Vendôme .

Se, come sembrava, i due omicidi erano collegati, avrebbe dovuto tracciare un nuovo profilo del killer.

Se Brigitte Corday doveva andare a incontrare a Saint Denis il boss della droga, le indagini in quella zona malfamata di Parigi per individuare dove vivesse il malvivente erano sempre in cima alla sua lista. Aveva incaricato di indagare Gilbert Moreau, il vice-ispettore Roux e, infine, la stessa Monique. Si disse che non considerando più Roux, soltanto Moreau e Monique avrebbero potuto dargli informazioni utili. Doveva aver pazienza, era solo questione di tempo.

Se avesse individuato chi era il boss della droga, avrebbe potuto accertare se c'era un collegamento con Claudia Alfieri. Non gli era tramontata l'idea che la ragazza fosse stata rapita e che fosse prigioniera dei malavitosi, probabilmente proprio a Saint Denis.

Immerso in questi pensieri, Raynaud camminando era arrivato nella piazza del Louvre. Una lama di sole colpiva la cuspide della Piramide creando un gioco di luci che rendeva la costruzione di vetro e metallo ancora più straordinaria. L'ispettore si fermò a ammirarla per qualche istante, poi guardò l'orologio. Erano quasi le 11. Aveva girovagato abbastanza e decise che era giunto il momento di tornare al Commissariato.

Arrivato nel suo ufficio, Raynaud fu preso dall'ansia, voleva sapere, conoscere i particolari dell'esame autoptico era essenziale per indirizzare le indagini nel verso giusto. L'ispettore non sapeva come ingannare il tempo nell'attesa di una comunicazione da parte del dottor Laurent che, come gli aveva promesso avrebbe eseguito l'autopsia della ragazza del Louvre in tarda serata. Decise di chiamare il suo informatore per sapere perché non si era ancora fatto vivo con notizie sul boss di Saint Denis.

Digitò il numero del suo cellulare:

«Allora, Moreau, non ti ho più sentito. Hai trovato qualcosa sul boss della droga?».

«Hai ragione, ispettore. Non ti ho chiamato perché non ho ancora le informazioni che vuoi. Ho incontrato diversi spacciatori di Saint Denis ma sembra che tutti abbiano la bocca cucita. Non hanno voluto dirmi chi è e dove abita il capo, è come se tutti fossero incatenati dall'omertà che li lega al boss della droga».

«Come dire che hai rinunciato a portare avanti il

tuo incarico?».

«Non ci penso nemmeno! Non potrei mai arrendermi e rinunciare ai 100.000 euro, cazzo!».

«E come intendi procedere?».

«Ho il mio asso nella manica, ispettore. Devo ancora incontrare la persona che finalmente potrebbe darmi le informazioni che cerchiamo. Si chiama Philippe, l'ho conosciuto in carcere dove siamo diventati amici. Ho pensato di convincerlo a collaborare promettendogli il 20 per cento della ricompensa. Cosa pensa di questa mia idea?».

«Mi sembra ottima. Piuttosto, dimmi: quando dovresti incontrare il tuo amico? Il tempo stringe, Moreau. Abbiamo trovato un'altra ragazza uccisa molto probabilmente dallo stesso killer. E sono convinto che in questo secondo omicidio il boss della droga abbia la sua parte. Non ne ho le prove ma tutto fa pensare che sia così. Per fermare la catena di ragazze assassinate è fondamentale risalire all'identità del boss. Capisci bene quanto sia importante che tu faccia presto!».

«Ho capito, ispettore. Vedrò Philippe domani pomeriggio e, non dubitare, ti farò sapere subito com'è andato l'incontro».

«D'accordo, Moreau, aspetto quanto prima una tua telefonata».

31

L'ISPETTORE SPERÒ CHE MOREAU potesse veramente arrivare a sbrogliare l'intricata matassa che avvolgeva il boss della droga. Se non ci fosse riuscito, cancellato dalla lista Roux, non gli rimanevano che le indagini che Monique avrebbe dovuto svolgere.

Il sergente Durand entrò nel suo ufficio senza bussare alla porta. Una cosa insolita perché il poliziotto era sempre molto attento alle regole.

«Cosa c'è di tanto urgente, Durand?», gli chiese Raynaud che aveva notato quanto fosse teso.

«Ispettore, è arrivato adesso un dispaccio che il Commissariato del 12° Arrondissement di Avenue Daumesnil ha inviato a tutti i posti di Polizia di Parigi. Si tratta della denuncia della scomparsa di una ragazza…».

«Abbiamo i particolari della denuncia?».

«Li avremo tra poco quando il collega avrà scaricato il file».

«Bene. Voglio che mi stampiate il file e che tu mi porti subito il documento». Cinque minuti dopo Raynaud poté leggere il testo della denuncia. Sul documento c'era scritto:

Il sottoscritto agente scelto Victor Renois, oggi alle 15.30 redigo la seguente denuncia per persona scomparsa. Di fronte a me sono comparsi il signor e la signora Francois e Marie Dubois che denunciano la scomparsa della figlia Virginie, nata a Parigi il 14 giugno 1998, professione cameriera, attualmente in servizio presso l'Howard Hotel Paris Orly Airport. La figlia non è rincasata ieri notte come il solito e non ha risposto alle continue chiamate dei genitori sul suo cellulare. I signori Dubois si congedano dopo aver firmato il presente documento e aver lasciato i loro recapiti telefonici.
Agente Victor Renois.

«Durand», disse l'ispettore, «chiama il Commissariato del 12° Arrondissement e parla con l'Agente Renois. Voglio avere subito il numero di telefono di Francois e Marie Dubois».

«Provvedo subito, ispettore».

Dopo mezz'ora Durand tornò da Raynaud con aria trionfante.

«Ho i numeri di casa e del cellulare del signor Dubois. Scusi il ritardo, ispettore, ma l'agente Renoir era smontato dal servizio».

«Hai fatto un ottimo lavoro, Durand. Prima di convocarli devo chiamare il dottor Laurent per sapere quando è possibile andare da lui per un riconoscimento».

Raynaud riuscì a parlare con il dottor Laurent soltanto intorno alle 20.

«Se stasera il corpo della vittima è disponibile per un riconoscimento?», ripeté Laurent a Raynaud che avrebbe voluto convocare i presunti genitori della ragazza uccisa quanto prima.

«No, non è possibile. Tra poco inizierò l'autopsia e finirò ben oltre la mezzanotte. Pertanto, ispettore, bisogna rimandare tutto a domattina. Può venire qui con i presunti genitori della vittima alle 8».

«D'accordo. Dottor Laurent, mi dica, quando potrò avere i risultati dell'autopsia?».

«Non prima di mezzogiorno o l'una quando avrò gli esami dal laboratorio. Non si preoccupi, ispettore. Non appena avrò il quadro completo delle analisi la chiamerò io».

«Grazie, Dottore. Lei sa che prima avrò questi risultati prima potrò avviare le indagini».
Appena chiusa la conversazione con l'anatomopatologo, Raynaud convocò Durand.
«Chiama subito il signor Dubois su entrambe le linee telefoniche di cui abbiamo i numeri. E' necessario che io gli parli subito».
Durand lo trovò al numero di casa, il cellulare era spento. Fece il numero dell'interno dell'ufficio di Raynaud e gli trasferì la comunicazione.
Raynaud prima di parlare con Dubois si ripromise d'essere molto cauto e delicato nel comunicargli la convocazione per il riconoscimento. Cercò di calarsi nei panni di un padre che aveva denunciato la scomparsa della sua unica figlia e provò una grande compassione. Inoltre, pensò, non c'era alcuna evidenza che la ragazza trovata alla Piramide del Louvre fosse realmente sua figlia.
Così esordì prendendo il discorso alla larga:
«Signor Dubois, sono l'ispettore capo Jacques Raynaud del Commissariato del Primo Arrondissement. Mi risulta che lei abbia rilasciato una denuncia per la scomparsa di sua figlia all'Agente Renois del Commissariato del 12° Arrondissement. E' così?».
L'uomo con voce rotta dall'emozione, sussurrò

un flebile «Sì». Poi aggiunse: «Ispettore, perché mi chiama? Avete forse trovato la mia Virginie? Sta bene? Dove si trova ora?».

«Mi dispiace, signore, ma non ho notizie su Virginie. La sto chiamando perché abbiamo trovato una ragazza uccisa ai piedi della Piramide del Louvre. Probabilmente non si tratta di sua figlia ma per esserne sicuri è necessario che lei e sua moglie veniate domattina alle 8 all'Ospedale Saint Luis per un riconoscimento. Se il corpo ritrovato non è quello di sua figlia, faremo di tutto per rintracciare Virginie e riportarvela a casa».

All'altro capo del filo Roger Dubois ebbe un funesto presentimento. Dopo qualche secondo di assoluto silenzio, disse con profonda amarezza: «D'accordo, ispettore, arriveremo al Saint Luis alle 8. Lei sarà lì? Ho bisogno di chiederle tutto il suo sostegno. Mia moglie è cardiopatica e non vorrei si sentisse male durante il riconoscimento».

«Naturalmente sarò lì con voi. Non si preoccupi, signor Dubois, le possibilità che si tratti di sua figlia sono molto scarse», disse Raynaud cercando di rasserenare l'uomo.

INGRESSO DELL'OSPEDALE SAINT LUIS ORE 8. Roger e Marie Dubois erano arrivati puntuali all'appuntamento con l'ispettore Raynaud. Quella notte, d'altra parte, non erano riusciti a dormire pensando che l'indomani avrebbero saputo la verità sulla figlia.

Raynaud gli si fece incontro e con grande tenerezza disse: «Ora vi porterò nella sala delle autopsie. E' un luogo che fa paura a tutti ma voi dovete essere forti. Vi mostreranno il corpo di una ragazza uccisa l'altra notte. Non dovete temere, vedrete che non si tratta di Virginie».

Roger Dubois, stringendo a sé la moglie Marie, disse con un filo di voce: «Grazie ispettore per le sue parole. Noi siamo pronti».

Raynaud chiamò sul cellulare il dottor Laurent che

andò loro incontro per farli entrare nella sala delle autopsie. Quando arrivarono al lettino dove era disteso, nascosto da un lenzuolo, il corpo della ragazza del Louvre il medico legale si fermò per un istante poi sollevò il telo scoprendo il viso e il torace della vittima. Roger Debois impallidì e gridò: «Mio Dio! E' nostra figlia Virginie!». Poi scoppiò in un pianto incontenibile e si volse per soccorrere sua moglie Marie che stava svenendo per lo shock. Il dottor Laurent si avvicinò alla donna e disse: «Ricoveriamola immediatamente, la signora sta per avere un infarto!». Dal telefono della sala autopsie compose il numero di un interno. Qualche minuto dopo Marie Dubois uscì in barella per essere portata d'urgenza nel reparto di cardiologia.
Raynaud rimasto solo con Roger Dubois non sapeva come consolarlo. Lo abbracciò e gli disse: «Vi sono vicino nel vostro grande dolore. Le prometto che prenderò quel bastardo che ha ucciso sua figlia!».
Dubois tra le lacrime gli rispose:
«Grazie, ispettore, conto su di lei!». E uscì dalla sala autopsie per raggiungere la moglie nel reparto dove era stata ricoverata.

33

ERA DA POCO PASSATO MEZZOGIORNO quando Raynaud ricevette la telefonata del dottor Laurent.

«Ispettore, sarebbe bene che mi raggiungesse non appena possibile al Saint Luis. Vorrei illustrarle di persona i risultati dell'autopsia sul cadavere di Virginie Dubois. C'è un esito che dovrebbe interessarle molto».

Raynaud non perse tempo. Uscì dal suo ufficio come una furia e si fece accompagnare all'Ospedale da una macchina di servizio con la sirena spiegata. Doveva fare in fretta, voleva sapere qual era l'esito al quale il dottor Laurent aveva fatto riferimento.

Adrien Laurent lo stava attendendo nel suo ufficio che si trovava poco prima della sala autopsie.

«Si accomodi, ispettore», gli disse invitandolo a

sedersi. Aprì una cartelletta, ne estrasse un fascicolo e precisò: «Prima le illustrerò le risultanze dell'autopsia, infine la metterò al corrente di una scoperta molto interessante».

«Innanzitutto posso confermale che anche questo omicidio è opera dello stesso killer. Il *modus operandi* è stato identico, l'assassino ha duplicato le stesse devastazioni del primo omicidio. Ha narcotizzato la vittima con il cloroformio per rapirla, poi, probabilmente nel suo rifugio, l'ha legata mani e piedi e le ha iniettato una notevole dose di *Midarine,* di cui abbiamo trovato traccia. allo scopo di paralizzarle il corpo lasciando, al contempo, che la vittima avvertisse ogni dolore delle torture. Quindi il killer indossando dei guanti ha iniziato la devastazione. Poi è passato allo stupro. Ciò premesso, posso dirle che abbiamo trovato qualcosa che può dare una svolta alle sue indagini».

«Cosa? Dottore, non mi tenga sulle spine…».

«L'SI, come nel primo omicidio, ha usato un profilattico prima di stuprare la ragazza, per non lasciare tracce. Noi però, abbiamo trovato nel canale anale una piccola quantità di liquido seminale. Deve essere successo che durante la penetrazione, a causa del violento attrito, il preservativo si è perforato sia pur minimamente causando la fuoriuscita dello sperma. La quantità del campione che abbiamo acquisito è esigua ma è stata sufficiente per ricavare il DNA».

«E' una grande notizia! Dottore! Quando potrò avere i risultati del laboratorio sul DNA?».

«Credo di poterglieli fare avere domattina. Se siamo fortunati lei potrà finalmente scoprire l'identità di questo maledetto killer!».

«Un'ultima cosa, dottor Laurent. Qual è stata la causa della morte di Virginie Dubois?».

«Anche nel suo caso il killer le ha iniettato alla base della nuca un'overdose di insulina. In altre parole questo omicidio è la fotocopia del primo».

34

USCITO DAL SAINT LUIS salì sull'auto di servizio che l'avrebbe portato al Primo. Mentre Raynaud stava guardando attraverso il finestrino lo scorrere delle piazze e dei boulevard le allucinazioni tornarono prepotentemente nella sua mente, più forti e più intense delle altre volte: i contorni delle visioni erano ancora più dettagliati, sembravano reali, tangibili.

Gli apparvero le due vittime, Brigitte Corday e Virginie Dubois, una dopo l'altra. Brigitte era nel backstage di una sfilata, nel suo camerino. Aveva appena sfilato un abito per indossarne un altro prima di tornare sulla passerella. Il suo volto era bianco come un cencio, gli occhi sembravano due fanali nei quali si leggeva il terrore. Raynaud vide se stesso, si trovava vicino a lei, in un angolo del camerino, la guardava in silenzio. Prima di allontanarsi la ragazza di Place Vendôme si girò di scatto verso di lui, puntò l'indice della mano destra contro il suo viso e gli si avvicinò sino a sfiorare con il naso il suo. Poi gli gridò in faccia:

«Ispettore, mi hai deluso. Non sei ancora riuscito a scoprire chi è il mio assassino! Ma lo sai che ha infierito sul mio corpo in modo brutale, senza mai avere un attimo di compassione? Non può restare impunito, devi arrestarlo, devi fermarlo!».

Raynaud avrebbe voluto risponderle, dirle che presto l'avrebbe preso, che gli mancava poco per ricomporre il puzzle e arrivare alla soluzione finale. Ma non riuscì a aprire bocca. Brigitte Corday superò la porta del camerino e imboccò un lungo corridoio. L'ispettore la rincorse, voleva chiederle di fermarsi, di ascoltare le sue ragioni. Ma non riuscì a dire una parola. E la visione della modella si dissolse nel buio.

Fu a quel punto che sentì una mano battergli su una spalla. Si girò e vide davanti a sé una ragazza vestita da cameriera con il grembiule bianco e una crestina in pizzo sulla testa. Anche lei aveva il colorito terreo di un cadavere.

Era Virginie Dubois, la ragazza del Louvre: era apparsa per devastare la sua mente. L'ispettore le tese

una mano per accarezzarla e darle un po' di conforto. Ma lei si allontanò e divenne aggressiva.
Disse: «Solo un animale può essere così spietato. Io ti ordino di vendicarmi, devi uccidere il killer dopo averlo torturato come ha fatto con me!».
Raynaud rimase impietrito, la ragazza era così reale, non era possibile che si trattasse di un'allucinazione. Fece un balzo in avanti verso di lei per toccarla e accertarsi che non fosse una creatura del suo subconscio. Ma si ritrovò a sbracciarsi nel vuoto.

«Ispettore, siamo arrivati al Primo. Perché non scende?», disse l'agente che era alla guida dell'auto. Raynaud si scosse e tornò al mondo reale.
«Scusi, devo essermi assopito», rispose.
Mentre stava varcando il portone del Commissariato, nonostante la testa fosse ancora confusa, provò a ragionare. Le allucinazioni che da poco aveva vissuto erano il segno che la sua malattia stava evolvendosi senza freni.
Decise di chiamare subito il dottor Custeau. Lo psichiatra comprese che il figlio del suo amico era arrivato a un punto di non ritorno e che aveva bisogno di assistenza al più presto. Gli diede ap-

puntamento un'ora dopo all'ospedale psichiatrico Paul Guiraud, dove avevano l'apparecchiatura tecnologicamente più aggiornata.

Il dottor Custeau spiegò a Raynaud il funzionamento della terapia elettro- convulsivante, comunemente nota come elettroshock. Disse: «E' una tecnica terapeutica usata in psichiatria che si basa sull'induzione di convulsioni nel paziente mediante il passaggio di una lieve corrente elettrica attraverso il cervello».

Lo psichiatra lo fece stendere su un lettino e gli applicò un elettrodo con un cannello in bocca tra la guancia e l'arcata dentale e l'altro elettrodo nel retto.

«Stia tranquillo, Jacques. E' una terapia assolutamente indolore, tuttavia ora le pratico una blanda anestesia generale. La corrente alternata è di soli 125 volt. Le somministrerò la quota minima prevista dal protocollo, sei shock. Voglio vedere se sono sufficienti a migliorare la malattia. Non abbia timore, l'elettroshock è un mezzo veloce per uscire dal male».

Raynaud piombò nel sonno indotto dall'anestesia e il dottor Custeau procedette con il trattamento. Si accorse subito che il suo paziente stava reagendo bene agli shock. Com'ebbe completato il sesto ciclo di scariche, lo specialista staccò la corrente. La terapia era terminata, ora avrebbe dovuto aspettare il risveglio del paziente per sottoporlo a un encefalogramma di controllo.

L'ispettore si risvegliò circa venti minuti dopo. L'elettroencefalogramma aveva dato un responso positivo.

«Jacques, è andato tutto bene, stia tranquillo», gli disse Custeau con tono quasi paterno. «La terapia funziona, sta equilibrando il suo stato mentale. Voglio tenerla qui in ospedale in osservazione per 48 ore, per essere sicuro che non ci siano effetti collaterali».

«Impossibile», replicò Raynaud. «Devo tornare subito al Commissariato, ho un'indagine che non può aspettare».

Custeau riuscì a convincerlo a rimanere in osservazione in ospedale. Ma allo scadere delle 24 ore, Raynaud si alzò dal letto e si rivestì, incurante delle raccomandazioni del suo medico.

«Mi sento bene, non preoccupatevi per me», disse agli infermieri che tentavano di fermarlo.

L'ispettore uscì dall'ospedale psichiatrico Paul Guiraud e prese al volo un taxi per raggiungere il Primo.

35

ANCHE QUELLA NOTTE RAYNAUD NON era riuscito a chiudere occhio. L'ansia di ricevere l'esame del DNA e di poter iniziare la caccia al killer cresceva mano a mano che passavano le ore. Per far passare il tempo che lo divideva dal momento in cui avrebbe ricevuto il test dal dottor Laurent, lesse un trattato di criminologia che prese dalla sua biblioteca. Si soffermò in particolare sul capitolo dedicato al DNA.

Alle 7 in punto Raynaud uscì di casa e andò nel garage dove parcheggiava il suo Maggiolino Cabrio con il quale si diresse al Commissariato. 15 minuti dopo era già seduto alla sua scrivania in attesa di ricevere conferma dal dottor Laurent dell'avvenuto invio del test del DNA.

Alle 9.30 Raynaud ricevette un'email con indicato il link per scaricare il file che aspettava.

Chiamò subito il sergente Durand che mise al corrente dell'importante scoperta che il dottor Laurent aveva fatto durante l'esame autoptico.

«Ti do questo disco rigido portatile dove ho copiato il file che contiene il DNA del killer. Fai eseguire subito una ricerca nel nostro database tra coloro di cui abbiamo registrato il DNA. Pregiudicati, malviventi, ladri e assassini e chiunque la Polizia di Parigi ha fermato da cinque anni a oggi. Se troviamo una corrispondenza il nostro serial killer ha le ore contate…».

Durand tornò da Raynaud due ore dopo. Aveva fatto ripetere la ricerca 3 volte ma il risultato era sempre stato lo stesso.

«Ispettore», disse con il tono di chi sta provando una grande delusione,

«Purtroppo il file di DNA che mi ha consegnato non ha trovato alcuna corrispondenza nel nostro database».

«Cazzo, questa non me l'aspettavo! Credevo di avere già in pugno il killer e invece…».

Raynaud si mise a riflettere senza aggiungere una parola. Stette in silenzio per due o tre minuti mentre Durand era fermo davanti a lui ad aspettare un suo cenno. Poi, ebbe un'intuizione. Disse:

«Fai ripetere la ricerca nei database dove sono inseriti i dati relativi ai membri della Polizia e delle Forze Armate che, com'è nel regolamento, al momento dell'arruolamento devono sottoporsi all'esame del DNA».

A Durand sembrò un'idea peregrina. Cercare il killer tra i poliziotti e le Forze Armate di Francia, secondo lui, era un'iniziativa destinata a fallire miseramente. Tuttavia, disse: «Come desidera, ispettore. Non so quanto tempo richiederà la ricerca sui due database, ma appena avrò i risultati sarò di nuovo da lei».

In realtà la ricerca fu più veloce del previsto. L'esperto informatico del Commissariato si collegò con il primo database dove erano memorizzati i dati relativi a tutti i poliziotti di Francia.

Dopo una ventina di minuti l'agente urlò: «Sergente, è incredibile, ma ho trovato una corrispondenza! Ora ripeto la ricerca una seconda volta ma se avrò la conferma significa che il killer è uno di noi!».

Durand rimase senza parole e si limitò ad aspettare pazientemente la conferma del tecnico.

Qualche minuto dopo l'agente stampò su un foglio

i risultati definitivi della ricerca: «Ecco, sergente, questo DNA appartiene con certezza a…».

Come lesse nome e cognome del poliziotto a cui il DNA riconduceva, Durand credette di sognare.

Non era possibile, si disse, era assolutamente inimmaginabile che fosse lui il killer di Place Vendôme e della Piramide del Louvre!

Si diresse di corsa verso l'ufficio di Raynaud con quel foglio in mano che consegnava l'assassino nelle mani della Giustizia.

«Ispettore…», disse, «aveva ragione ad ampliare la ricerca anche nel database della Polizia. Abbiamo trovato una corrispondenza, il campione di DNA raccolto nel corpo di Virginie Dubois riconduce senza ombra di dubbio a…Legga lei nome e cognome del killer e mi dirà se non le sembrerà impossibile!».

Raynaud nel foglio lesse:

«Robert Roux, vice-ispettore in servizio presso il Commissariato del Primo Arrondissement».

Contrariamente a quanto Durand si aspettava, l'ispettore capo non dimostrò d'essere particolarmente sorpreso. Fece una pausa, poi disse con tono aspro:

«Roux, non mi è mai andato a genio, fin dal primo giorno in cui ha fatto il suo ingresso al Commissariato ho provato nei suoi confronti una forte avversione. A parte ciò, ricordo che avevo trovato sospetta la sua insistenza nel voler partecipare alle indagini della ragazza di Place Vendôme. Roux ci riuscì soltanto dopo essersi fatto raccomandare dal nostro capo, il Commissario Daniel Lefevre, che mi ordinò di metterlo nella squadra. Quando poi si presentò il finto testimone che ci *rivelò* che Claudia Alfieri viveva a Marsiglia, Roux mi aveva spinto con insistenza a considerare assolutamente attendibile quell'informazione. Ora so che dietro quella falsa testimonianza c'era lui, l'ineffabile vice-ispettore Roux l'aveva organizzata per depistarmi. Queste considerazioni oggi sono nulla di fronte alla sconcertante realtà: Robert Roux ha tradito il giuramento di fedeltà alla Polizia per trasformarsi in un killer spietato, in un assassino che ha torturatoatrocemente le sue vittime con un *modus operandi* degno del più famigerato assassino della storia di Francia. Spero che passi il resto della sua vita dietro le sbarre!».

«Ispettore, andiamo subito a arrestare quel figlio di puttana?».

«No. Secondo me, Roux è un pesce piccolo, dietro di lui ci dev'essere una potente organizzazione criminale che noi dobbiamo scoprire. La prima cosa

che voglio tu faccia, Durand, è chiedere il seque-
stro dei conti correnti bancari intestati a Robert
Roux. Se, come credo, ha ricevuto dei compensi per
i due omicidi potremo risalire al mandante e inca-
strarlo…».
«Ha ragione, ispettore, chiedo subito a un magistrato di preparare il mandato. Le porterò i documenti della banca non appena possibile».

36

IL RILASCIO DEL MANDATO DA PARTE del magistrato richiese più tempo del previsto, sarebbe stato pronto soltanto la mattina dopo. Raynaud mentre attendeva che Durand tornasse da lui con i rendiconti della banca, mano a mano che passavano le ore si convinse che il bandolo della matassa fosse nascosto in quei conti bancari. Non era verosimile, pensò, che Roux avesse agito in proprio, che fosse diventato un serial killer senza avere un ritorno economico. L'ipotesi che i due omicidi fossero stati commissionati a Roux divenne per Raynaud un'assoluta convinzione. I rendiconti bancari, si disse, l'avrebbero dimostrato.

In tarda mattinata il sergente Durand entrò nell'ufficio di Raynaud. Aveva tra le mani un paio di fogli. Si poteva leggere nel suo viso una palpabile delusione mentre consegnava i rendiconti all'ispettore capo.

Raynaud li lesse con grande attenzione. Due erano stati i bonifici ricevuti da Robert Roux negli ultimi giorni. Il primo di 100.000 euro poteva riferirsi all'omicidio di Place Vendôme. Il secondo, di 200.000 euro, era stato disposto tre giorni fa. Poco prima, dunque, dell'omicidio della Piramide del Louvre. Quando l'ispettore controllò chi avesse disposto i bonifici sbottò:

«Cazzo, i bonifici sono stati inviati da un conto cifrato e provengono da una banca di Grand Cayman!».

«Come ha intenzione di procedere adesso, ispettore?», chiese Durand.

«Predisponi una squadra e vai subito ad arrestare quel bastardo di Roux. Sarà lui a dirci chi è il mandante degli omicidi».

Durand controllò il registro delle presenze del Commissariato e lesse che Roux si era preso un giorno di riposo. Il sergente con due agenti armati si diresse verso l'abitazione del poliziotto-killer, al numero 24 di Rue de Seine, una via parallela a Rue Jacob, dove, come avrebbero scoperto più tardi, si trovava il garage delle torture. In casa non c'era nessuno ma un vicino fu loro d'aiuto.

«Roux è uscito verso le 12, credo che sia andato a mangiare nel ristorante italiano
La Locanda, in Rue du Dragon che frequenta da tempo», disse l'uomo.
Era proprio così. Robert Roux era andato a *La Locanda* per consumare un saporito pranzo italiano accompagnandolo con una preziosa bottiglia di champagne Veuve Clicquot, voleva festeggiare l'arrivo dei 200.000 euro che si erano andati ad aggiungere ai 100.000 già incassati.

Durand scese dall'auto di servizio del Commissariato che parcheggiò in Rue du Dragon sull'altro lato della via rispetto all'ingresso di *La Locanda*. Disse ai suoi agenti di non muoversi, sarebbe andato a controllare se Roux stesse in quel momento pranzando nel ristorante.
Superò la veranda che precedeva l'ingresso al locale e da una porta a vetri spiò i commensali. Vide che Roux era seduto ad uno dei primi tavoli.
Tornò all'auto e disse ai due agenti che lo stavano aspettando:
«Roux è nel ristorante, andiamo a prenderlo. Entrerò io da solo, voi appostatevi ai lati dell'ingresso, pronti a intervenire».
Non gli fu necessario entrare nel ristorante. Mentre

stava avvicinandosi al locale, rivoltella in pugno, Roux uscì sulla Rue du Dragon. Fece per incamminarsi quando notò che un'auto del Commissariato era parcheggiata di fronte al ristorante ed ebbe il presentimento che gli stessero tendendo un agguato. Aveva quasi estratto dalla fondina ascellare la Sig Sauer P320 d'ordinanza quando Durand lo sorprese da dietro puntandogli l'arma alla nuca.

«Bastardo, non fare una mossa, riponi nella fondina il tuo revolver. Se non lo fai ti sparo e lo farò con grande piacere. Siamo in tre a tenerti sotto tiro…».

Roux si guardò intorno. Quando vide gli altri due agenti con le armi puntate contro di lui, capì che sarebbe stata una follia opporre resistenza.

«Ora alza le mani», gli intimò Durand.

Roux fu costretto a ubbidire. Quando Durand gli infilò le manette disse:

«State facendo un errore madornale. Sono un vice-ispettore di Polizia ligio al dovere. Di cosa mi state accusando? Quali prove avete?».

Durand tagliò corto: «Quando arriveremo al Primo sarà l'ispettore capo Raynaud a comunicarti i capi di accusa. Personalmente posso dirti che mi fai schifo, che sei una persona immonda!».

37

ROBERT ROUX FU PORTATO in manette nella sala degli interrogatori dove Raynaud l'aspettava. Si sedette di fronte all'ispettore al di là del tavolo. Gli occhi chiusi, le labbra serrate, stringeva con forza i braccioli della poltrona. Per quasi dieci minuti non proferì parola.
Raynaud ruppe il silenzio. Disse:
«Roux, se ci racconti cos'è veramente successo il giudice potrebbe essere comprensivo…».
«So benissimo che il giudice non potrà fare nulla per me…».
Roux dopo qualche altro minuto in silenzio cominciò a parlare come se dovesse liberarsi di un peso.
«Ho sempre avuto la passione per il gioco, ma quando è morta mia moglie, il gioco e le donne sono diventate l'unico scopo della mia vita. Poker, scommesse, hanno riempito le mie giornate e più

perdevo più alzavo la posta sperando nel colpo di fortuna che avrebbe risolto tutto. Sono finito nelle mani degli strozzini che hanno cominciato a tormentarmi per riavere i loro soldi. Le serate le passavo nei night in cerca di escort. Ogni sera una donna diversa. Speravo di cancellare l'ansia e la solitudine che avevo dentro di me».

Si fermò, prese fiato, e continuò: «Un giorno un mio creditore venne da me dicendomi che aveva trovato una soluzione per i miei debiti. Mi diede un numero di telefono. Lo chiamai e una voce artefatta mi propose di fare un lavoro per lui in cambio di 100.000 euro che mi avrebbe versato anticipatamente. Con quei soldi avrei potuto cancellare una parte dei miei debiti. Avrei dovuto uccidere una ragazza. All'inizio avevo rifiutato l'idea. Non ero un assassino ma poi mi sono detto che nella situazione in cui ero non potevo rifiutare. Così rapii la giovane donna che mi era stata indicata e sfogai su lei i miei istinti più feroci. Le incisi una X sulla schiena e le incollai le palpebre sui bulbi oculari per far credere che l'assassino facesse parte di qualche setta satanica. Il vortice della mia malvagità mi ha spinto a questo».

Raynaud a quel punto con tono lapidario disse:

«Robert Roux io ti accuso formalmente di duplice

omicidio con l'aggravante della crudeltà. Tu hai assassinato prima la ragazza di Place Vendôme e, poi, quella della Piramide del Louvre. Per entrambi gli omicidi hai intascato 300.000 euro, come dimostrano i tuoi rendiconti bancari».

Roux impallidì.

«Ma quali prove avete contro di me?».

«Abbiamo la prova più inconfutabile di tutte, il DNA che dimostra che tu sei il serial killer che ha trucidato le due ragazze».

Roux tornò a rinchiudersi in un ostinato silenzio. Lo sguardo sperso, le labbra strette in una smorfia di dolore, spaziò con la mente. Tentò di ricostruire le fasi del secondo delitto. Come aveva mai potuto lasciare traccia di sé nel corpo della vittima? Era stato molto attento, aveva sempre usato guanti chirurgici, quando l'aveva stuprata aveva usato un preservativo. Come potevano aver trovato il suo DNA?

Quasi gli avesse letto nella mente, l'ispettore disse: «Se ti stai chiedendo come abbiamo ricavato il tuo codice genetico, qui c'è la risposta».

Raynaud estrasse un foglio da un fascicolo e glielo mostrò:

«Vedi, Roux, il tuo DNA è stato ricavato dal campione di liquido seminale che abbiamo trovato nel retto della seconda vittima, Virginie Dubois. Roux, ripensa al momento in cui hai sodomizzato la ragazza. La tua furia bestiale ha prodotto un forte attrito e ha provocato una piccola rottura nel preservativo dalla quale è fuoriuscito il tuo sperma».

«Questo test ti inchioda inesorabilmente e ti identifica come l'assassino della ragazza. Nel primo omicidio non avevi lasciato tracce organiche ma poi hai commesso l'errore di ripetere pedissequamente nel secondo omicidio lo stesso *modus operandi* del primo assassinio: ciò conferma che sei anche il killer della ragazza di Place Vendôme».

L'ex vice-ispettore tirò un pugno sul tavolo:

«Cazzo, vuoi dire che è stato un preservativo difettoso a farmi scoprire? Non è possibile!».

Raynaud non volle più ascoltare le recriminazioni di Roux. Disse:

«Bene, adesso devi firmare il verbale. Devo avvisarti che da questo momento ogni cosa che dirai potrà essere usata in tribunale contro di te».

Robert Roux fu rinchiuso in una cella del Commissariato prima di essere trasferito al carcere.

La mattina del giorno dopo Raynaud tornò da lui.

«Roux, prima che ti portino in carcere, voglio farti una proposta. Se non vuoi vivere anni in isolamento penitenziario ti conviene essere disponibile a collaborare. Non hai più santi in paradiso che possano alleviare la tua pena». «Che cosa vuoi dire Raynaud?».

«Sai, Roux, sin da quando sei arrivato al Primo, mi sono sempre chiesto come mai avessi tante protezioni nelle alte sfere della Polizia. Poiché ho sempre odiato i raccomandati come te, ho fatto delle ricerche e ho scoperto che tutta la tua carriera è stata costruita sulla delazione. Fin da quando eri un semplice agente sei diventato una talpa per conto dei grandi capi. Ogni 10 mesi ti sei fatto assegnare a un nuovo Commissariato dove hai spiato i colleghi riportando ai tuoi referenti ogni loro azione non del tutto regolamentare. Hai agito subdolamente alle spalle dei tuoi stessi compagni, sfruttando le loro debolezze e incertezze. Così facendo sei arrivato a diventare vice-ispettore. Sicuramente senza alcun merito professionale».

Roux stette in silenzio mentre Raynaud gli aveva rinfacciato d'essere stato una talpa perché quella che l'ispettore aveva ricostruito era nient'altro che la verità. L'ispettore capo aveva ragione anche su un altro punto: i suoi protettori una volta saputo che

era diventato un assassino gli avrebbero voltato le spalle dimenticando tutte le volte in cui era stato il loro prezioso informatore.
Con la consapevolezza di non avere altra scelta, Roux disse:
«Raynaud, quale sarebbe la tua proposta?».
«Devi dirmi chi è il mandante dei due omicidi. Voglio il suo nome e l'indirizzo dove andare ad arrestarlo».
«Non so come potrei essere utile».
«Non capisco, cosa vuoi dire?». Roux tirò un lungo sospiro, poi disse:
«Non so chi sia il mandante, non l'ho mai visto in faccia. Gli ho sempre parlato al telefono e la sua voce ogni volta era irriconoscibile, alterata da un modificatore vocale. Confesso che quando ho visto i 200.000 euro sul mio conto, non ho avuto esitazioni a commettere anche il secondo assassinio».
«Roux, sei un uomo privo di ogni morale, disposto a tutto. Ma non sta a me giudicarti, lo farà il giudice. Se vuoi evitare di passare i tuoi prossimi anni in isolamento, ora devi ascoltarmi attentamente. Dovrai chiamare al telefono chi ti ha incaricato di uccidere. E lo farai dalla sala dei sistemi informatici del Commissariato. Preparati un discorso che duri più di 20 secondi in modo che i nostri agenti

possano geolocalizzare il destinatario della telefonata».

«Ho sempre chiamato il capo a mezzanotte in
punto».

«Va bene, lo chiamerai stanotte alle 24. Ricordati
di seguire alla lettera le mie istruzioni».

38

ROUX FU FATTO ENTRARE NELLA SALA informatica del Commissariato mezz'ora prima della mezzanotte. Gli agenti di guardia lo fecero sedere accanto a una scrivania dov'era un telefono. Un tecnico collegò alla cornetta un sensore che era connesso con l'apparecchio per la geolocalizzazione. Raynaud indossò delle cuffie che gli avrebbero permesso di ascoltare la conversazione e di intervenire se Roux non fosse stato ai patti.

A mezzanotte in punto Roux compose un numero che apparve sul display dell'agente che lo stava monitorando.

«Capo, sono io», esordì Roux.

Una voce metallica che rendeva il suo interlocutore irriconoscibile rispose:

«Come mai mi chiami? Non avevamo nessun appuntamento per oggi».

«E' vero, devi scusarmi ma non vedevo l'ora di darti questa comunicazione. Ho incontrato oggi in Commissariato l'ispettore capo Raynaud per sapere a quale punto erano le sue indagini e ho capito che brancola nel buio. Il secondo omicidio l'ha convinto che deve dare la caccia a un serial killer. Ciò significa che non riuscirà mai a ricollegarti agli omicidi».

«E' una buona notizia». La voce diventò ancora più metallica.

«Hai qualche altro incarico da assegnarmi?», disse Roux controllando l'orologio, mancava poco per arrivare al traguardo dei 20 secondi.

«Non al momento. Ma presto avrò un nuovo compito. Chiamami tra tre giorni, sempre a mezzanotte», disse la voce chiudendo la telefonata.

Roux tremò, non era sicuro che fossero passati i 20 secondi.

L'agente adibito alle intercettazioni, si alzò dalla sua postazione e gridò:

«23 secondi di conversazione. Abbiamo geolocalizzato il telefono. La chiamata è stata ricevuta al numero 34 di Rue Montorgueil nel quartiere di Montorgueil Saint Denis-Les Halles».

Disse l'ispettore: «Ottimo lavoro! Ora sappiamo

dove vive il boss della droga. Anche se non conosciamo il suo nome, organizzeremo comunque un assalto al 34 di Rue Montorgueil».

L'indomani mentre stava preparando la squadra che l'avrebbe affiancato nell'irruzione, Raynaud ricevette la telefonata che aspettava da Moreau.

«Ispettore», disse l'informatore. «Ho il nome del boss. Si chiama Marcu Francisci, è un mafioso di origine corsa, considerato la mente della French Connection, una rete del traffico di droga che coinvolge la Francia e gli Stati Uniti d'America. Purtroppo però non sono riuscito a scoprire dov'è il suo quartier generale a Saint Denis».

«Non importa, Moreau. Sei stato prezioso. Mi mancava solo il nome, l'indirizzo del suo covo l'abbiamo scoperto grazie a un'intercettazione telefonica. Presto con la mia squadra andrò a catturarlo. A cose fatte vedrò di farti avere una ricompensa».

«Grazie, ispettore, in bocca al lupo».

«Crepi il lupo», rispose Raynaud incrociando le dita.

Raynaud decise di prendersi un po' di tempo. Voleva preparare l'assalto nei minimi particolari, per non avere sorprese. Un boss di quel calibro, dedito al traffico di droga internazionale, sicuramente sarebbe stato protetto da un manipolo di guardie del corpo armate. Cosa avrebbero trovato al 34 di Rue Montorgueil?

Raynaud chiamò il sergente Durand e gli affidò un nuovo compito urgente.

«Devi contattare subito l'ufficio del catasto di Parigi, voglio la planimetria completa dell'anagrafico 34 di Rue Montorgueil. Chiedi la priorità assoluta».

Durand parlò con il direttore dell'ufficio del catasto spiegandogli il perché di tanta urgenza. Il funzionario gli promise che nel giro di un paio d'ore gli avrebbe inviato la planimetria e i dettagli dell'edificio via email.

Quando più tardi il sergente ricevette il pdf del catasto stampò tutti i documenti e tornò da Raynaud che lo aspettava con ansia.

«Bene, fammi vedere», disse l'ispettore cominciando a esaminare la planimetria e le note del catasto.

La mappa del numero 34 di Rue Montorgueil mostrava che si trattava di una palazzina a due piani. Le annotazioni indicavano che l'edificio, costruito nel 1950 era stato completamente restaurato nel

2000. La costruzione originaria era stata modificata creando al primo piano un ambiente che ospitava un unico vano, probabilmente adibito a magazzino. Al secondo piano era stato ricavato un appartamento di circa 500 metri quadri al quale si poteva accedere da una porta sul fronte e da un'altra sul retro. Secondo le informazioni del catasto in quello che era stato un loft erano stati ricavati diversi ambienti collegati l'uno all'altro.

«Sono informazioni preziosissime, ma ora il problema è sapere quanti sono gli uomini contro i quali dovremo combattere quando faremo irruzione nella struttura», osservò Raynaud. Mentre diceva queste parole si ricordò che da qualche anno le squadre regionali SWAT della Polizia Nazionale avevano in dotazione un radar di piccole dimensioni che era in grado di vedere attraverso le pareti. Il Range-R era uno strumento capace di rilevare i movimenti delle persone negli spazi chiusi ed era così sensibile che poteva registrare la respirazione di un uomo nascosto all'interno di un edificio con diversi muri di protezione.

«Durand, chiama il responsabile delle squadre SWAT della Polizia Nazionale e chiedigli di inviarci appena possibile un tecnico con il radar Range-R. Spiegagli che dobbiamo utilizzarlo per

individuare quanti sono gli occupanti di una palazzina prima di dare il via al nostro assalto. Fatti confermare quando sarà qui in Commissariato».
Raynaud nell'attesa della comunicazione, decise quanti uomini utilizzare nell'azione. Otto agenti scelti addestrati per il combattimento sarebbero stati sufficienti, li avrebbe divisi in due squadre, una sotto il suo comando diretto, l'altra agli ordini di Durand.
Arrivata la conferma che il tecnico con il radar sarebbe arrivato al Commissariato quella stessa sera, Raynaud convocò gli otto agenti alle 6 della mattina dopo. Alle 7 sarebbe cominciata l'operazione.

39

I DUE FURGONI CON A BORDO RAYNAUD
e Durand assieme agli otto agenti scelti e al tecnico
del radar arrivarono a Saint Denis e imboccarono
la Rue Montorgueil. Si fermarono a circa 40 metri
dal numero 34.

Raynaud ordinò agli agenti di attendere il suo se-
gnale dentro ai furgoni. Voleva che nulla potesse
fargli perdere l'effetto sorpresa. Fece scendere il
tecnico del radar che si appostò con lo strumento
a una ventina di metri dall'ingresso della palazzina.

L'agente verificò che la distanza dall'obiettivo
rientrasse nel campo d'azione dell'apparecchio,
poi posizionò il radar e su un treppiedi collocò il
monitor.

Sul piccolo schermo apparvero le sagome degli occupanti della palazzina.

Disse l'addetto al radar: «Ispettore capo, ho rilevato le persone che si trovano nella struttura. Due soggetti sono davanti alla porta del vano del primo piano, altri due uomini si trovano al secondo piano all'ingresso dell'appartamento dove, in un locale posto in posizione arretrata rispetto all'entrata, il radar segnala la presenza di un altro uomo».

«Perfetto, ora sappiamo che le guardie del corpo sono in tutto quattro mentre il capo è solo nell'appartamento».

Raynaud si rivolse ai suoi agenti: «Voglio che quattro di voi assaltino i due delinquenti che sono al primo piano, mentre gli altri quattro della squadra andranno a neutralizzare i due malavitosi all'ingresso dell'appartamento. Dobbiamo eliminare i guardiani senza farci sentire dal boss. Usate dei taser, degli storditori elettrici, se potete. Se fosse necessario sparare mettete il silenziatore sulle armi. La prima squadra entrerà in azione subito; quando avremo via radio la conferma che sono state neutralizzate le prime due guardie del corpo, io e il sergente Durand assieme alla seconda squadra saliremo al secondo piano per eliminare gli altri due malviventi quindi entreremo nell'appartamento. Credo di essere stato chiaro».

Gli otto agenti speciali risposero in coro «Sissignore» e la prima squadra si mosse per raggiungere il primo obiettivo.

Il fattore sorpresa favorì i quattro agenti. Con il walkie-talkie comunicarono a Raynaud:

«Obiettivo neutralizzato con i taser, i due malviventi ora sono senza sensi e in manette. Potete procedere con l'assalto al secondo piano».

Raynaud e Durand preceduti dalla seconda squadra di agenti salirono lungo la scala che portava al vasto appartamento. Le due guardie del corpo, ignare di cos'era successo al primo piano, stavano conversando di fronte alla porta d'ingresso. Gli agenti li circondarono intimando loro di arrendersi. Uno dei due guardiani alzò le mani in segno di resa, il secondo, invece puntò la pistola contro gli uomini di Raynaud che lo uccisero sparandogli e centrandolo in piena fronte.

L'azione si era conclusa con successo nel giro di pochi minuti. Raynaud ebbe via libera per fare irruzione.

Disse a Durand: «Tu e due agenti dovete accedere all'appartamento dalla porta posteriore mentre io entrerò dall'ingresso principale. Così facendo circonderemo Marcu Francisci e il boss non avrà scampo».

Raynaud varcò la porta dicendo ai due agenti di rimanere in disparte e di coprirgli le spalle.

L'ambiente era stato suddiviso in vari vani. Appena entrato l'ispettore si ritrovò in un locale arredato in modo sontuoso e elegante, il proprietario certamente non aveva dato limiti di budget all'architetto che l'aveva restaurato. Superata l'anticamera dalle pareti tappezzate con seta damascata sulle quali spiccavano quadri d'autore, aprì una porta che portava a un grande soggiorno arredato con divani e poltrone in pelle Chester d'epoca. La sala era dominata da un caminetto in marmo bianco sormontato da un prezioso dipinto astratto in cui riconobbe lo stile di Kandinsky. In un altro lato del soggiorno, una statua in bronzo in stile neoclassico raffigurava un giovane efebo in una posa con cui sembrava volesse ammaliare gli ospiti che entravano nella casa. Qui si aprivano due porte, quella a destra portava a due spaziose camere da letto con le stanze da bagno.

A Raynaud non restava che aprire la porta di fronte a sè.

Con la sua Sig Sauer Pro SP 2022 spianata, Raynaud entrò. Il locale era avvolto in una oscurità parziale, illuminato com'era soltanto da una debole luce soffusa. Nel grande studio arredato con librerie su tutte le pareti, si distingueva, in fondo, una scrivania. Scorse che una persona era seduta sulla poltrona dietro la scrivania, la sua figura era nascosta dalla spalliera. Fece due passi in avanti e vide che il boss era intento a guardare un monitor che aveva di fronte.

Raynaud gridò: «Marcu Francisci arrenditi, sei circondato!».

La poltrona si girò di scatto e gli apparve una donna che gli puntava contro una pistola.

Lei disse: «Chi di noi due sparerà per primo ucciderà l'altro!».

«Chiunque tu sia sappi che dietro di te c'è il sergente con i suoi uomini, sono pronti a ucciderti se non getterai subito la tua arma».

La donna si girò e vide che aveva le pistole puntate di tre uomini. Non aveva via di scampo. Gettò il suo revolver per terra e esclamò:

«Lo sapevo, ispettore, che prima o poi tutto sarebbe finito!».

Quando Raynaud le si avvicinò per metterle le manette, illuminò il suo viso con una torcia e la riconobbe, era uguale alla fotografia che gli aveva dato il dottor Alfieri:

«Ma tu sei Claudia Alfieri! Cosa ci fai qui al posto del boss Marcu Francisci?».

«E' una lunga storia, ispettore capo Raynaud!».

40

CLAUDIA ALFIERI, AMMANETTATA, fu condotta al Commissariato e messa in una cella in attesa dell'incriminazione.

Raynaud fece fatica a riprendersi da quella scoperta. Soprattutto non riusciva a spiegarsi come Claudia avesse potuto trasformarsi in un donna della malavita, diventare così crudele e spietata.

L'ispettore non vedeva l'ora di sapere da lei i particolari della sua metamorfosi. Fissò per le 13 l'ora dell'interrogatorio. Nell'attesa la osservò di nascosto attraverso le sbarre mentre camminava nervosamente su e giù nella cella: era davvero una bellissima donna, alta, le gambe affusolate, i lunghi capelli biondi che le incorniciavano il viso illuminato da grandi occhi verdi, la postura da modella. Cos'era mai accaduto nella vita di Claudia?, ripeté tra sé.

L'interrogatorio.

Raynaud entrò nella sala interrogatori. Claudia si era sporta in avanti dalla sedia, aveva appoggiato la testa sul tavolo e con le braccia l'aveva avvolta in un abbraccio disperato. Nascondeva una rabbia infinita, non riusciva a capacitarsi per quell'arresto inaspettato né a individuare quali fossero stati gli errori che aveva fatto rendendo possibile la sua cattura.

Quando avvertì che Raynaud si era seduto di fronte, sollevò il capo e lo guardò negli occhi con una tale aggressività che avrebbe voluto fulminarlo.

E manifestò tutta l'ira che aveva dentro sé.

Gli gridò in faccia: «Ti odio, maledetto ispettore, tu hai mandato in pezzi la mia vita!». Ma, dopo un istante, esausta, tornò a posare la testa tra le braccia quasi in quella posizione trovasse rifugio.

Raynaud cominciò a parlare. L'ispettore finse di non aver dato peso a quel suo sfogo violento. Probabilmente, si disse, Claudia era disturbata mentalmente, per questo aveva reagito così.

«Partiamo dall'inizio. Claudia, come hai conosciuto il boss Marcu Francisci?», esordì Raynaud.

«Ti conviene mettere da parte la tua ira e collaborare. Devi raccontarmi tutto, il giudice ne terrà conto nel determinare la tua pena».

Claudia dopo la sfuriata aveva ripreso il controllo di se stessa e con una sorta di rassegnazione cominciò il suo racconto:

«E' una lunga storia, come le ho già detto, ispettore. Ho conosciuto Marcu Francisci un paio d'anni fa quando facevo la modella e sfilavo per le case di moda di Parigi. Da qualche tempo avevo cominciato a fare uso di droga. Un giorno il mio pusher mi disse che il boss della droga dopo aver visto una mia fotografia su un manifesto pubblicitario, voleva conoscermi. Avevo bisogno di cocaina e pensai che potevo chiederla direttamente a lui. Così andai a Saint Denis per incontrarlo. Marcu aveva circa vent'anni più di me, ma era un uomo affascinante, speciale, che aveva tra le mani un grande potere che gli derivava dal suo status di re della droga. Mi innamorai subito di lui e Marcu ricambiò con trasporto il mio amore e mi invitò a trasferirmi da lui».

«Poi cos'è successo?», la interruppe Raynaud.

«Abbiamo vissuto mesi di grande passione. Una sera mentre stavamo facendo l'amore, Marcu si sentì male. Non feci in tempo a chiamare aiuto, lui morì tra le mie braccia stroncato da un infarto. Prima di spirare mi sussurrò: "Claudia, ora tu devi prendere il mio posto!"».

«E da quel giorno sei diventata il boss della droga?».

 «Sì, ho raccolto la sua eredità. Giorno dopo giorno ho imparato a essere un capo potente, spietato, implacabile, e scoprii che quel ruolo era perfetto per me. Andai due volte a incontrare il boss di New York per stringere accordi per alimentare la French Connection avviata da Francisci».

Claudia all'improvviso cominciò a tremare. Sembrava che facesse fatica a respirare. In pochi istanti si ritrovò senza sensi e si accasciò sopra il tavolo. L'ispettore la soccorse e cercò di rianimarla. Senza successo. Chiamò subito il dottor Custeau.

«Dottore, la ragazza è svenuta, sta veramente male».

«La faccia portare in ambulanza subito all'ospedale Saint Luis dove sarò ad attenderla per gli accertamenti del caso», gli disse al telefono il medico.

Claudia rinvenne durante il trasporto. I paramedici constatarono che era in forte stato confusionale. Fu ricoverata in una stanza piantonata da due agenti. L'ispettore arrivò nell'ospedale circa una mezzora dopo. Il dottor Custeau aveva appena finito di sottoporla a elettroencefalogramma e stava esaminando il tracciato.

Disse: «A mio avviso si è trattato di un violento attacco di panico. Ci sono tutti i sintomi: tremore, sensazione di mancanza di fiato, soffocamento, svenimento. Devo ricoverarla per ulteriori esami».

Raynaud disse con stizza: «Dottore, quanto dovrò aspettare per concludere l'interrogatorio dell'imputata?».

«Dovranno passare almeno 24 ore prima che possa pensare di dimetterla. Tutto dipenderà dall'esito degli esami clinici. L'attacco di panico va in remissione spontaneamente. I sintomi spariscono dopo circa una ventina di minuti ma possono reiterare. Attraverso tecniche di controllo del respiro è comunque possibile limitare la durata degli attacchi o impedirne l'insorgenza».

Raynaud per il resto della giornata e per quella successiva fu inavvicinabile. Il suo equilibrio mentale già precario era stato alterato profondamente da quell'imprevisto. Avrebbe voluto scrivere la parola fine sul fascicolo dei due omicidi dopo aver terminato l'interrogatorio con la principale imputata, invece, a causa dello svenimento di Claudia, le carte erano rimaste sul tavolo nella stessa posizione in cui le aveva lasciate.

La sera uscì a cena con Monique.
«Ti vedo scuro in volto, Jacques. Cos'è successo?», gli chiese Monique quando furono seduti a tavola.
«Oggi ho dovuto interrompere l'interrogatorio, Claudia Alfieri è svenuta all'improvviso sembra a causa di un attacco di panico. E' stata ricoverata e ancora non so quando potrò interrogarla di nuovo».
Era pallido e stringeva convulsamente le mani.
«Non stai bene, Jacques?».

L'ispettore non aveva mai fatto parola con lei della sua malattia, quasi ne provasse vergogna. Ma ora era arrivato il momento di raccontarle tutto.
Con tono dimesso disse. «Sai, Monique, non ti ho mai parlato del lato oscuro della mia personalità. Ciò è profondamente sbagliato, tra noi non devono esserci segreti».
«Mi stai spaventando, Jacques. A quale lato oscuro ti riferisci?».
«Devi sapere che la mia salute è compromessa. La mia è una malattia psichiatrica, soffro di disturbo

bipolare. Se supero la borderline, la mia bipolarità può degenerare nella schizofrenia».

«Da quando ti sei accorto di avere questa malattia?».

«Già quando entrai nella Polizia dopo ogni caso di omicidio cominciai a identificarmi con la vittima rivivendo la sua esperienza di morte. Allora le considerai semplici visioni passeggere. Le allucinazioni, invece, sono diventate ricorrenti soprattutto negli ultimi casi della ragazza di Place Vendôme e della vittima del Louvre. Ho rivissuto i loro assassinii, ho visto il killer mentre le uccideva e le torturava. Nella mia mente hanno iniziato a moltiplicarsi le allucinazioni. Visioni che sembravano reali, tangibili, angoscianti. Ho visto anche me stesso accanto alle vittime mentre cercavo di aiutarle, di metterle in guardia, di aiutarle a fuggire dal loro assassino. Credimi, Monique, è difficile vivere con questi fantasmi che danzano nella tua mente!».

«Jacques. Sono profondamente addolorata. Voglio che tu sappia che ti sarò sempre vicina. Posso aiutarti in qualche modo?».

«No, Monique. L'unica persona che mi può aiutare, e lo già sta facendo, è il dottor Custeau, lo psichiatra che mi ha in cura. L'ultima volta che mi ha visitato ha deciso di rinforzare la terapia con il litio abbinandogli altri nuovi farmaci. Spero che la cura funzioni anche se sono consapevole che dal disturbo bipolare non si guarisce, si può solo controllare la malattia».

«Hai avuto recentemente altre allucinazioni?».

«No. Fortunatamente dopo l'arresto di Roux e della Alfieri le allucinazioni non sono ricomparse. E ora spero che quando indagherò su una nuova vittima il mio subconscio non costruisca nuove visioni…».

Monique si alzò dalla sedia e si avvicinò a lui per abbracciarlo e baciarlo:

«Jacques, stai tranquillo. Sono sicura che guarirai smentendo chi dice che la tua malattia è inguaribile. Se quando dovesse manifestarsi una nuova allucinazione mi avviserai, io ti sarò dì aiuto. L'amore può fare molto, può essere un vero toccasana nelle malattie psichiatriche».

La mattina dopo Jacques e Monique fecero colazione nel bistrot vicino all'appartamento di Raynaud e poi si salutarono affettuosamente per andare al lavoro.

Custeau fu di parola. In tarda mattinata autorizzò

le dimissioni di Claudia Alfieri dall'ospedale.

Raynaud aspettò il suo arrivo al Primo, seduto nella sala degli interrogatori. Quando Claudia entrò la squadrò da capo a piedi. Voleva accertarsi che avesse superato quel momento di crisi.
Lei sembrava rinata. Si avvicinò al tavolo ancheggiando come le modelle fanno sulla passarella e si sedette raccogliendo sulla nuca i lunghi capelli biondi. Poi lo fissò sgranando i suoi grandi occhi verdi.
Con aria sfrontata gli disse:
«Quali altre domande vuoi farmi, ispettore? Non possiamo mettere fine a questa tortura?».
«Claudia vorrei che mi dicessi la verità. Perché hai fatto assassinare Brigitte Corday, la ragazza di Place Vendôme?».
«Per evitare che qualcuno venisse a cercarmi a Saint Denis e scoprisse che ero diventata il boss della droga ingaggiai Brigitte Corday che fisicamente mi assomigliava perché impersonasse me stessa. Brigitte si fece assumere alla *Top Model Agency* dicendo che era Claudia Alfieri e cominciò a sfilare. Tutto è andato bene sino a qualche settimana fa. Pagavo un lauto stipendio a Brigitte e le passavo anche la droga. Poi, lei cominciò a ricat-

tarmi, voleva sempre di più. Se non le avessi dato ciò che chiedeva era pronta a rivelare tutto».

«A quel punto hai deciso di farla uccidere».

«Non avevo altra scelta, dovevo eliminarla. Cercai un killer per incaricarlo di assassinare Brigitte. Un usuraio mi suggerì il nome di Robert Roux, un vice-ispettore del tuo Commissariato al quale aveva prestato molte migliaia di euro. Mi disse che Roux era ridotto sul lastrico, che era pieno di debiti. Le scommesse con gli allibratori, il vizio del gioco e il tavolo del poker l'avevano divorato. Gli promisi che per il lavoro gli avrei dato 100.000 euro, glieli avrei pagati anticipatamente. In un primo tempo esitò, poi, come ricevette i soldi, accettò».

«E la seconda vittima della Piramide del Louvre? Qual è stato il movente?».

«Non c'è alcun movente, ispettore». Claudia gli lanciò uno sguardo distratto.

«Il secondo assassinio è stato commesso con il solo scopo di depistare le tue indagini, per farti credere che era opera dello stesso killer che aveva ucciso la ragazza di Place Vendôme. Dovendoti dedicare alla caccia del serial killer non avresti mai pensato di ricollegarmi all'omicidio di Brigitte Corday e tantomeno all'assassinio della ragazza della Piramide del Louvre. Purtroppo, poi, qualcosa è andato storto. Ancora non riesco a capire come tu sia riuscito a scoprire il mio nascondiglio…».

Raynaud non le rivelò che era stato Robert Roux a tradirla e che, grazie a un'intercettazione, era riuscito a risalire all'indirizzo della palazzina di Marcu Francisci. Invece le disse:

«Claudia, che cosa ti ha portato a diventare un mercante di droga e un assassino? Provieni da una ricca e potente famiglia di Torino, hai sempre avuto una grande disponibilità economica, sei vissuta nel lusso. E, poi, sei una donna bellissima, come modella pubblicitaria sei diventata famosa e come mannequin hai sfilato per le più grandi Maison della moda parigina. Non ti è mai mancato nulla. Perché hai lasciato tutto questo?».

«Perché ero stanca di quella vita noiosa. Quando mi si è presentata l'occasione non me la sono lasciata scappare. Essere il boss di un traffico internazionale di stupefacenti ha appagato il mio ego. Ho lasciato tutto per il potere che mi dava la droga».

Raynaud la ascoltò in silenzio, poi disse:
«Claudia, spero che un giorno, ti renderai conto che

hai buttato via la tua vita. Mi dispiace soltanto per quel brav'uomo di tuo padre. Riccardo Alfieri era disposto a tutto pur di ritrovarti…».

41

TORNATO NEL SUO UFFICIO, Raynaud telefonò a Monique. «Perdonami, se ti chiamo soltanto ora. E' stata una giornata pesante, piena di colpi di scena…».

«Sai, mi scuso ma non sono ancora riuscita ad avere informazioni sull'identità del boss di Saint Denis».

«Non importa. L'abbiamo preso stamattina».

«Cosa dici? Ma è una notizia clamorosa! Dimmi come sei riuscito a catturarlo…».

«Ora non posso, Monique. Ma ti prometto che più tardi ti racconterò tutto», disse salutandola frettolosamente.

Raynaud aveva la testa da un'altra parte, doveva fare una telefonata difficile alla quale, suo mal-

grado, non poteva sottrarsi. Compose un numero
con il prefisso dell'Italia.

«Vorrei parlare con il dottor Alfieri, sono l'ispettore capo Raynaud, chiamo da Parigi…».

Il maggiordomo rispose: «Mi spiace, ma il dottore
è fuori Torino…».

Riccardo Alfieri quella mattina era partito dall'aeroporto di Caselle con un elicottero a noleggio per
raggiungere Stresa, sul Lago Maggiore. Era atterrato nell'eliporto del Grand Hotel Des Isles Borromées, l'albergo di lusso dove aveva affittato la
grande sala congressi destinata a ospitare l'annuale
convention dell'Alfieri S.p.A.,vi avrebbero partecipato i dirigenti delle sue fabbriche che sarebbero
arrivati dall'Italia, dalla Francia, dalla Germania,
da Olanda e Inghilterra.

Il capo della servitù proseguì:

«…attualmente si trova a Stresa per il raduno annuale dei dirigenti dell'Azienda. Ma, ispettore, se
si tratta di una cosa urgente posso cercare di contattarlo…».

«Sì, è imperativo che io gli parli subito…».

Il dottor Alfieri lasciò la sala congressi dove si stavano alternando diversi oratori per rispondere alla
chiamata del suo maggiordomo.

«Lo sa che non voglio essere disturbato durante il convegno», disse con tono seccato. Poi quando apprese che lo stava cercando Raynaud e che voleva parlargli con urgenza, aggiunse: «Dia all'ispettore il numero del mio portatile e gli dica di chiamarmi tra cinque minuti».

Raynaud chiamò come d'accordo.

«Ispettore, che piacere sentirla…mi dica, ha trovato Claudia?».

«L'ho trovata. Sta bene, non si preoccupi. Ma…». L'ispettore esitò qualche istante prima di rivelargli una realtà che l'avrebbe sorpreso e rattristato.

Poi disse: «Dottor Alfieri deve sapere che la ricompensa di 100.000 euro da lei finanziata non è servita a nulla. Ma per altre vie sono arrivato a lei e ho scoperto che Claudia da tempo era diventata il boss di un traffico internazionale di droga. Non solo, è stata lei a incaricare un killer di uccidere la ragazza di Place Vendôme che portava il suo nome e, poi, di assassinare anche una giovane cameriera».

«Sono affranto, ispettore. Non riesco a capacitarmi di ciò che mi dice. Ricorda quando all'obitorio ho constatato che il corpo della ragazza di Place Vendôme non apparteneva a mia figlia? In quello stesso momento ho cominciato a sperare che Claudia fosse viva, che fosse scomparsa perché, forse, era stata rapita. Ho pregato per poterla ritrovare… Ora, invece, lei mi dice che è diventata un'assassina! Non ho parole per esprimere cosa sto provando! Raynaud, mi dica, dove si trova adesso Claudia?».

«E' rinchiusa in una cella nel mio Commissariato, in attesa d'essere trasferita in carcere…».

«Mi dica, quale pena l'aspetta per i suoi reati?».

«Credo che Claudia dovrà trascorrere in carcere i prossimi vent'anni. Se non di più. Dottor Alfieri, le consiglio di trovarle il miglior avvocato di Francia».

«Senz'altro, la farò difendere da un principe del foro di Parigi. Sa, ispettore, io le sono debitore. Voglio ringraziarla di cuore per il suo impegno nella ricerca di mia figlia. Raynaud, le chiedo un ultimo favore. Stasera tornerò a Torino e domani sarò a Parigi, può farmi avere un permesso per incontrare Claudia in carcere? Anche se è diventata un mostro, la mente di questi delitti crudeli e efferati, è pur sempre mia figlia».

Arrivato a casa Raynaud, sopraffatto dalla stanchezza, decise di coricarsi senza cenare. Pose sul piatto del giradischi il vinile con la Nona di Beethoven, la sua sinfonia preferita, e indossò le cuffie per apprezzare meglio quella musica divina. Non fece a tempo a prendere il sonnifero, quella notte si assopì subito e dormì profondamente, come un bambino.

Le visioni di Brigitte Corday, Virginie Dubois e del killer, le allucinazioni che sino a poche ore fa avevano danzato nella sua mente erano scomparse.

Come bolle di sapone si erano dissolte nel nulla.

www.ingramcontent.com/pod-product-compliance
Lightning Source LLC
LaVergne TN
LVHW011006200726

843509LV00011B/1005